止まりだしたら走らない

品田遊

リトルモア

（目次）

装画と挿絵：error403
ブックデザイン：森 敬太（セキネシンイチ制作室）

タイムアタック

河口翔（かわぐちしょう）・25歳・営業職

子供は給食をむやみに速く食う。馬鹿だからだ。

俺も多くの子供と同様に馬鹿な子供で、さらに悪いことに男子だったので、給食を速く食うためにあらゆる努力をしていた。正午を少し過ぎた教室、立ち上がった日直が妙な抑揚で「いただきます」と言う。これが男子どもにとっては試合開始のゴングであった。まず牛乳を飲み干す。これは五秒以内に完了せねばならない。ここで勢い余って空気の固まりを嚥下《えんげ》すると、肺を内側から殴られたような苦しみを味わうことになる。

牛乳瓶を空にしたあとは一度周囲を見回す。これは同級生のスタートダッシュの具合を確かめるためだ。イチムラはもう白菜の和《あ》え物に手をつけている。サワダはまだ八分目というところか。シガは前の女子に話しかけられてリズムを崩している。以上をひと目で確認し、次の策を練る。その時間、わずか〇・五秒。

いわゆる三角食べは女々しい行為とされていた。「給食だより七月号」にはその有効性が長々と述べられていたが、誰もが一瞥《いちべつ》して机の奥に突っ込んでいた。漬け物を攻略したら次はメルルーサの唐揚げを貪る。メルルーサ。不気味な語感だ。それがどんな魚のどの部分かは知らなかったし、今も知らないが、しかしともかく味は良かった。当時は得体の知れなさに恐れすら抱いたが、今となってはあの怪しさがメルルーサの美味を引き立てていたようにも思える。

口に含んだら、嚙む数は最低限に抑え、飲み込む。「給食だより四月号」ではひと口あたり三十回嚙むことが奨励されていたが、それもまた惰弱な行為であった。収集車に放り込まれたゴミ袋が鉄製の回転板に押しつぶされ変形し奥に消えていく。そんなふうに、おかずを口の中に押し込んだ。

本来なら飲み物で押し流すほうが効率的ではある。しかし、なぜか学校給食は子供に牛乳を飲ませることを鉄則としており、それは和食とて例外ではない。白米を口に押し込んだあとに流れ込む牛乳の臭気、不快感は筆舌に尽くし難く、パン食がメインとなる数少ない場合を除いて「牛乳おかず流し込み法」はデメリットのほうが大きかった。

試合開始のゴングが日直の「いただきます」であるならば、一着が切るゴールテープに相当するのが、配膳台にトレイを戻すときに響く乾いた音だ。けんちん汁をすすり、もやし炒めを頬張っているとき、耳に届くカランという音。それこそが己の敗北を告げる鐘である。顔を上げると、食器類を片付け終えたヒサダヨシオ（仮名）が悠々と席に戻る姿が目に入る。そのゆったりとした足取りには勝者の余裕が感じられたものだ。

当然、女子たちはそれをアホを見る目で眺めている。

全ての男は「速さ」に憧れる。仕事の速さ。食べる速さ。決断の速さ。頭の回転の速さ。CPU処理の速さ。中でもとりわけ原初的で魅惑的なのが「足の速さ」だ。人間が最初にした競争は駆けっこだっただろう。前を進む者を抜き去り、背後の風景としてゆく快感は、麻薬的ですらある。より速く、誰よりも速く。人間のそんな欲望が記録を作り、技術を磨いてきたのだ。

俺もまた、スピードに取り憑かれた男の一人だ。

と言っても、短距離走やマラソンは一切やらない。改造エンジンを搭載したスーパーカーで峠を攻めたりもしない。六秒でルービックキューブを全面揃えたこともない。ただの会社員である。

俺は今、安っぽいクリーム色のドアの前に立っている。右手をドアノブに掛けて、左手は携帯を握りしめている。起動中のアプリケーションはストップウォッチ。家と外界とを繋ぐこのドアが開いたとき、俺のタイムアタックが始まる。鼻からゆっくりと息を吸い込み、ドアノブを捻りながら体を前に押し出す。同時にタイム計測ボタンをタップした。

俺の「ゴースト」たちも足を踏み出した。

00:04.21

日差しを浴びながら、アパートの階段を下りていく。カンカンカンと小気味の良い音が耳を刺激した。俺のアパートの売り文句は「駅から徒歩十二分」だったが、俺が居住した日からそれは更新されるべきラップタイムに変わった。今のところ、滑り出しは好調だ。階段はドアを出て左に曲がったところにある。そのため、あまり勢い

をつけて飛び出すと大回りに左折せねばならず、タイムロスとなる。今振り向けば、過去にその間違いを犯して遅れをとった俺のゴーストたちが見えるはずだ。

色のない半透明のそれは、過去の俺そのものだ。出社時に俺が描いてきた駅までの軌跡は、毎朝ドアを開けるたびに何度でも再生される。こいつらは束になって現在の俺に迫り、追い越そうとする。分裂した無数の俺たちがときに重なり合い、ときに距離を離しながら駅へ向かっていく。俺だけが見ることのできるゴーストの群れだ。

今日の俺は全ての過去の俺を突き放して、一番にならなくてはならない。

00:12.53

アパートを出たら、駅に向かってひたすら歩く。歩くリズムは常に一定。Queen の「Bicycle Race」に合わせると、うまくいく。つまり「バーイ」で右足、左足を踏み出し、「セコー」でまた右、左、と踏み出すのだ。バーイ、セコー。バーイ、セコー。バーイ、セコー。アイウォンツーライマイ、バイセーコーと頭の中で歌いながら、着実に、着実に進む。

徒歩で。

五月の陽光が肌を温めた。月初めの朝には全てが再起動されている。過去の雑事はもう破いたカレンダーと一緒に丸めて捨てたのだ。電柱の根元に残された真新しい犬糞を横目に捉えつつ、俺は軽々と歩みを進めた。ゴーストたちとの距離も順調に広がっている。今日は久々に自己ベストを更新できるかもしれない。

01:35.33

「早く来いよユウヤー」

甲高い小学生の声が耳に入った。遠くに、巾着袋を振り回しながら走っておどける低学年くらいの児童が見える。

「待ってよぉ」

少し遅れて、小柄な児童も後を追って行く。間もなくその姿は塀の陰に隠れた。

あいつらも、給食を早食いしているんだろうか。

また、昔の競争を思い出した。

どうしてあんなに早食いに夢中になれたのだろう。今思えば、食事はゆっくりしたほうがいい。速く食べたところでなんの得にもならない。いや、そんなことは当時でも分かっていた。それでも男子たちは早食いに身を賭したのだ。しかも、あの早食いは全て暗黙の内に行われていた。つまり、誰一人として早食いすることそのものに言及しなかったし、「俺のほうが速かった」「俺のほうが」といった会話、議論の類は一切なされなかった。しかしそこには確かに競争があった。

あからさまに行われていながら、なぜ誰もそれについて語らなかったのか。きっと「そんなこと言うのはダサいから」だ。

小学生男子の価値観では、給食を誰よりも早く食べ終えるのはカッコよく、正義だった。しかし同時に、それについて言及するのは野暮の極みだったのだ。皆がそれを直感的に理解していたのだろう。口に出すことで失われる価値——粋という概念が、給食早食いには極めて幼稚かつ高度に宿っている。

あの小学生にもその誇りが受け継がれているといい。俺はそう思って、さらに歩行のテンポを上げた。バーイセコ。バーイセコ。バーイセコ。けして走ってはいけない。だって、走るなんてダサいじゃないか。

ギネス記録に挑戦している人はダサい。すごいけど、すごさを遥かに凌ぐ勢いでダサい。同じように、Ｆ１ドライバーも、競馬の騎手も、オリンピック選手も、本当はみんな途方もなくダサいのだ。彼らが人々に讃えられるのは、彼らの必死な姿勢の中に、なりふり構わず走る子供の姿を見出しているからではないのか。

だからこそ、大人は走ってはいけない。

一番になりたいなら、一番になりたいからこそ、黙って早歩きするべきだ。

03:21.42

駅が近い。人通りも多くなってきたのが分かる。

今のところ、ゴーストに追い抜かれそうな気配はない。つまり、現時点での最速タイムを更新しているということだ。駅までのルートにおいて、横断歩道を渡らなくてはいけないタイミングは二度ある。その、一つ目の横断歩道が前方に迫っていた。

出勤とマラソンの違いは二つある。まず一つは、出勤ルートには信号機があるが、マラソンにはないこと。もう一つは、マラソンは疲労の果てにゴールが待っているが、出勤はゴー

ルしてからが果てしない疲労の始まりだということだ。まあとにかく、この信号機というものが厄介だ。赤信号に長々と足止めされれば下位に転落することもありうる。

俺は横断歩道の向こうに焦点を合わせた。

信号の色は——青。

今日は運が良かった。歩道を渡ったのち、ちらりと背後を見やる。運悪く赤信号と鉢合わせした過去の俺のゴーストたちが重なり合ってぼんやり立ち尽くしていた。

06:12.51

駅まで、直線距離にして約一〇〇メートル。このまま行けば自己ベスト更新はまず間違いないだろう。しかし気を緩めるわけにはいかない。二つ目の横断歩道が待ち構えている。そこにそびえる信号機の顔色次第で、記録の明暗は分かれる。

角を曲がれば横断歩道はわずか二〇メートルほど先だ。なるべく軌跡が直角になるよう曲がってから、視野の前方に光る色に目を凝らした。

青い。

俺の目が狂っていなければ、確かに歩行者用信号機は燦々と青く輝いている。いける。このまま行けば、ベストタイムを十秒以上更新することができる。

そう直感して足を踏み出した瞬間、恐れていたことが起こった。青い光が点滅し始めたのだ。

「クソ」

思わず悪態が口をついて出た。だが、まだ諦めるのは早い。青信号が点滅してから赤信号に切り替わるまでには案外長いインターバルがあることを俺は知っている。それまでに渡りきれば良いのだ。ここから横断歩道までは約一〇メートル。横断歩道を含めれば一八メートルほどになる。経験上、横断歩道は六割渡れていればそこで赤信号になっても信号無視にはならない（気がする）。歩行者の中には、たとえ渡る前に赤信号になっても車が動き出すまでの僅かな間を利用して渡れば大丈夫と判断しているような者もいるが、俺の感覚で許されるのは「赤になる前に六割」だ。だから、赤信号になるまでにあと一五メートル歩ければいい。もはや「早歩き」とは言えない、どちらかといえば「遅走り」と表現したくなるような速さで俺は一直線に進んだ。ピッチの上がった「Bicycle Race」のサビが頭の中で無限ループしている。バイセコ、バイセコ、バイセコ。頼む。間に合ってくれ。

信号が切り替わった。

俺はなんとか向こう岸にたどり着いていた。もう後ろは振り返らない。

07:40.43

あとは、向こうに見えている駅まで、ひたすら歩くだけだ。いや、今までだってひたすら歩いてきたのだ。同じことを、同じようにすればいい。今日、おそらく新記録を更新することになるだろう。

ＪＲの改札まで目測で一二メートル。俺はここで定期入れを取り出す。右手をポケットに入れてから定期券を構えるまでの所要時間は約四秒。それはちょうど一二メートルの距離を早足で歩く時間と一致する。手の甲を上にして定期券を腰の手前斜め四十五度に差し出した瞬間、ぴったりその位置に改札の読取り機が迫ってくる。それは俺のためのゴールテープだ。

ポケットに右手を突っ込む。慣れた革の感触が手のひらに伝わる。もはや足の動きは止まらない。俺は定期入れを取り出し、腰の前に用意した。それと同時に、自動改札の読取り機が手元に迫ってくる。空中ブランコで放り出された体が放物線を描いて、最もベストなタイミングで向こう側の手首を掴むときのように、俺は全てが嚙み合うこの感じを愛している。

定期入れが読取り機に軽く触れた。

ブザーが鳴った。読取り機が赤く光り、改札のフラップドアが左右から飛び出して俺の体に食い込んだ。

何が起こった。

なぜ止められた。

俺は右手に掴んでいるものを見た。見慣れた定期券には、かすれた字で「4.30まで」と印字されていた。そうか、更新を忘れていたか。

立ちつくす俺の体をゴーストたちが早歩きですり抜けて行った。月初めの朝は全てが再起動される。だが、昨日を置き去りにすることを、この定期券は許してくれなかったようだ。

08:12.15
08:13.24
08:14.51
08:15.03

銀の鈴前

東京都民にとって、東京駅は少し特別な場所だ。日本の首都である「東京」の名を冠していながら、その実態を掴むのは難しい。

上野なら、動物園があって、美術館があって、西郷さんがいる。渋谷なら、ハチ公像があって、マルキューがあって、なんか危なそうな若者がいる。そういうふうに、東京の大抵の有名スポットは、名前を聞くだけでイメージが湧いてくるものだ。でも、「東京駅」はなかなかそのイメージが浮かび上がってこない。

もちろんレンガ造りの駅や立ち並ぶビル群、皇居の存在は知っているけど、ザ・東京って感じはしない。雑多な色々がうごめいている都市の中心にしては、ここはあまりにも滑らかすぎる。それは、人間を生かすために欠かせない心臓が、血液を送り出すためのポンプにすぎないことと似ているかもしれない。中身はないけれど、流れがある。ほとんどの人にとって、ここは「ふりだし」のマスなのだ。

そんなふりだしの駅で、僕たちは待ち合わせの約束をしていた。僕が所属している自然科学部では、だいたい月に一度、課外活動がある。博物館を見に行ったり、河原へ自然観察に出向いたり、地味なものだ。部員は僕を含め五人しかおらず、一人は幽霊部員。日々、欠かさずやっているのはウサギの世話くらい。交代でやるから、部員同士が顔を合わせる機会も少ない。とりあえずどこかに所属しておくか、という人が集まっている感じだ。

文化祭では、使われていない小教室を借りきって
「瓜《うり》がなるしくみ」

「雀は何を食べるのか」

といった研究報告をまとめた模造紙を壁に貼ったり、放置して全体が緑に変色した水槽に「アオミドロの培養　ご自由に観察してください」と書いたメモ用紙を添えて展示したりしている。だから全く存在感がない。だけど何者かによってプレ

パラートが全部割られるような災難には恵まれている。

　およそドラマチックな出来事は起きようもない部活だ。だから、こんな月に一度の課外活動でも、僕にとってはなかなかイベント感がある。それに、今回はいつもと趣向が違う。通常なら行き先は事前に連絡されるのに、今回に限っては教えられていないのだ。昨日届いたメールには「明日八時　東京駅　銀の鈴前集合　任意返信不要　部長」とあった。部長の送るメールはいつも戦時中の電報のようだ。本人いわく「通じるからいいだろ」とのことだが、本当は機械音痴なだけだ。前日にいきなり「明日集合」もひどい話だ。まあ、どうせ暇だから行くけれど。

　そういえば、東京駅集合なのも初めてだ。いつもなら学校がある武蔵小金井から出発して立川の河川敷に行ったり、上野の博物館で剥製を眺めたりする程度なのに。もしかしたら、何かサプライズがあるのか？　無気力な部長がそんな粋《いき》なことをしてくれる気はしない。

　なんにせよ、待ち合わせ場所に着けば分かることだ。僕は念のため、マップアプリで地下道の地図を確認した。あと数十メートルまっすぐ進んで、左に曲がれば「銀の鈴」があるはずだ。ケースに入った大きな鈴で、待ち合わせスポットとして有名らしい。日本の首都の中心の待ち合わせスポットが「大きめの鈴」……なんだか変な感じがする。角を曲がってしばらく進むと、遠くにアクリルケースがあるのが見えた。昨日ネットで見た「銀の鈴」の写真と同じだ。ほかの部員の姿は見当たらない。早く着きすぎたかな、と思いながら、僕は鈴の前へと向かった。

目の前に来てみると、「銀の鈴」は本当にただ少し大きいだけの、なんてことのない銀色の鈴だった。たいして目立たなければ、歴史がありそうなわけでもない。妙にピカピカとした見た目にはチープさが溢れている。

「ショボイなあ……」

僕はふとそんな言葉を漏らした。その瞬間、誰かがいきなり背後から僕の右肩を掴んだ。心臓が跳ね上がった。

誰だ？

驚きのあまり数秒硬直してしまったが、肩を掴む手は僕を放さないばかりか、ますますその力を強め、痛いほど指を食い込ませてくる。もしかして、鈴を「ショボイ」と言ったのを聞きつけて激高した鈴担当の駅員が僕を捕らえに来たのか？

いや、そんなまさか。僕は恐る恐る振り返った。そこにいたのは駅員ではなかった。

「都築《つづき》くん、おはよう」

「あ……新渡戸《にとべ》先輩」

なぜかまだ僕の肩を掴み続けているのは、自然科学部員の新渡戸先輩だった。

「おはようございます」

挨拶を済ませても肩を放す気配がない。肩甲骨《けんこうこつ》を砕く気だろうか。

「あの、肩……」

そう言うと、やっと先輩は肩から手を離した。

ほかの誰でもなくこの人が来ていたことは、ただ意外だった。新渡戸先輩は僕の一つ上の二年生だが、二年になってから新入生の僕と同時期に入部してきた珍しいタイプの部員だ。一年の頃は野球で投手をやっていたが退部したらしい。ただ、自然科学部も今は幽霊部員だ。春先から初夏までは部室にも顔を出していたが、いつの間にか来なくなってしまった。課外活動も最初の一度しか参加していなかった気がする。てっきり自然科学部も自然消滅の形で辞めたのかと思っていた。

「早かったね、都築くん」

先輩は短めに切りそろえた髪を整えながら、すました顔で言った。肩を掴んだことに対するフォローは無しか。先輩は薄いオレンジ色のポロシャツの上に、やけに大きいリュックサックを背負っている。

「お手洗いに行っている隙に来るとはタイミングが悪いね。ところでなんでトイレをお手洗いって言うんだろうね。それが目的じゃないのに。や、もちろん手は洗ったよ」

新渡戸先輩の話すことはどこかピントがずれている。もし幽霊部員じゃなかったとしても、親しくなろうという気はあまり起きないタイプだ。いつも芝居じみた口調だから、からかわれている気になる。会話の真意が謎というか掴みどころがないというか……「推理しない探偵」と言えば、厄介さが分かるだろうか。

先輩は銀の鈴に目をやってから言った。

「この鈴、実物は初めて見たけれど、なかなか面白いね」

「……そうですかね」

「この鈴は四代目らしい。初代の鈴は竹の張り子に銀紙を貼り付けたものだったそうだよ」

銀紙。ますますみすぼらしい。

「思うに、待ち合わせスポットの真髄はこの絶妙なつまらなさにあるね」

「今面白いって言ったばっかりじゃないですか」

「いや、待ち合わせスポットは、適度に目立ち、なおかつ、つまらないものであるべきなんだ。もし面白いとそれ自体が名所になって、待ち合わせ以外の人が寄ってきてしまうからね。このアイデアを出した駅員は、待ち合わせの美を分かってる」

そんな褒め方をされても、これを設置した駅員は嬉しくないだろう。でも、先輩はどうやら本気で褒めているつもりらしい。正直言って、この人と二人きりになると非常に気まずい。早くほかの部員も来ないかな、とさりげなく携帯の液晶の時計を覗き見ようとしたとき、鈴の内側から鈴の音が鳴り響いた。本物の鈴の音ではなく、録音された電子音だ。鈴の内部にスピーカーが入っているのか。微妙な演出だ。

すると、先輩は腕時計を見て言った。

「ああ、もうこんな時間か」

僕もつられて時計を確認すると、ちょうど午前八時だった。ちょっと待て、待ち合わせの時刻も八時だったはずだ。ということは、まだ来ない三人全員が遅刻ということか？　一人ならまだしも、三人が同時に遅刻したということは、乗り合わせた電車が遅れたのかもしれない。だったら一度誰かに連絡を入れたほうがよさそうだ。僕はそう提案しようとしたが、先輩がワンテンポ早く口を開いた。

「よし。都築くん、そろそろ出発しようか」

「えっ？」

何を言っているんだろう、この人は？

「あの、まだみんなが来てませんけど」

すると、先輩はそれがさも周知の事実であるかのように言った。

「みんな？　もうとっくに出発しているよ」

「えっ、どういうことですか？」

何を言っているのか理解できない。とっくに出発した？

「メールの打ち間違いで待ち合わせ時間が食い違ったらしいよ。本当は七時集合なのに君にだけ八時集合と伝えてしまったと、今朝になって気付いたんだそうだ。それで、一時間もここで都築くんを待っていても仕方がないから、自分を残して三人だけ先に出発したんだ。自分は都築くんと合流し、後から追いかけるプランに変えたんだよ。分かった？」

先輩は謎解きを披露するように僕に説明した。部長が一括送信すら知らないとは思わなかった。言わんとしていることは分かったが、納得できない。なぜ部長は、間違えたことを僕に知らせず、新渡戸先輩にだけ伝えたんだ？

「人望がないのかもしれないね。じゃあ、行こうか」

心の声を読んだらしい先輩は僕に辛辣《しんらつ》な答えを投げかけ、背を向けてすたすたと歩き始めた。ここまできて、僕はさらに重要なことを聞き忘れていると気付き、先輩を呼び止めた。

「あっ、ちょっと待ってください。僕、まだどこに行くかも知らないんですけど。目的地はどこなんですか」

先輩は振り返って言った。

「どこって、高尾山だよ」

「高尾山？」

僕はぽかんとした。

「これから高尾山に行くんですか？」

明らかにおかしい。だって、高尾山は高尾にあるんだぞ。僕たちの通う高校は武蔵小金井にある。それでなぜ、わざわざ東京駅で待ち合わせするんだ。東京から高尾と言えば、中央線の端から端になってしまうじゃないか。

「どうしてそんな遠回りするんですか。武蔵小金井で待ち合わせればよかったのに」

「さぁ。それは自分もよく分からない。たぶん部長が知っているんじゃないかな。追いついて訊《き》けば済むことだよ」

先輩はそう言ってまた向き直り、血管のように広がる東京の地下道の奥へと歩いて行った。いったい、部長は何を企んでいるんだろう。僕は頭にいくつもの疑問符を浮かべながら、その後をついて行く。

苺に毛穴

村沢真澄（むらざわ ますみ）・24歳・繊維メーカー勤務

まだ保育園に通っていた頃の私は、動物の絵本が大好きだった。特にゾウがピクニックに行く話がお気に入りで、何度も繰り返しめくって眺めていた。家には動物のぬいぐるみがたくさんあって、夜は抱いて寝ていた。

服が汗でじっとりと湿るような初夏のことだったと思う。週末に動物園へ連れて行ってくれるとお父さんが言った。私は狂喜乱舞して、文字どおり、その日を指折り数えて待った。動物園にはゾウさんがいる。キリンさんもいる。ライオンさんもいる。ぬいぐるみではない本物の動物に会えるなんて、夢のようだった。

週末がやってきた。初めて動物園に行った日の夕方、私は親に手を引かれて泣きながら帰ることになった。

私の知っているゾウは、鼻が長くて、耳が大きくて、薄い水色の体に優しい目をしていた。

しかし、実物のゾウは全然違った。間近で見せられたゾウの目は思いのほか鋭く、皺だらけの硬化した皮膚には、無数の産毛が生えている。だらりと垂れた鼻を振り回して体に泥を塗りたくる動物は、絵本で見た「ゾウさん」ではなかった。くすんだ灰色と皺の塊だった。

お父さんは私を背負って次々と動物を見せた。動物好きの私のために気を利かせたのだろう。それらを見るたびに、私は泣きそうになっていった。

キリンの舌は黒ずんだ触手のようで、それを絡みつかせて草をむさぼる姿には、およそ温かい感情なんて見えない。カバは全身が水に濡れて光っているのが気味悪く、ヒゲ剃り跡みたいな口の周りのボツボツを見て鳥肌が立った。チンパンジーは尻に赤黒い物体をぶら下げていて、痛々しかった。

それは私が初めて経験したリアリティだった。幼い私は嫌悪と落胆に取り憑かれ、いつしか泣きわめいていた。「帰る、帰る」と連呼する私を見て、お父さんは困惑しただろうと思う。あれ以来、私が動物園に行くことはなかった。

「……要するにさあ、現場のこと全然分かってないんだよね。あれ、聞いてる?」

右隣に座っている男が私の顔を覗き込んで言った。……この男は誰だろう。それで、ここはどこだろう。なんで私はここにいるんだろう。

ゴトン、と音がして椅子が揺れた。衝撃で記憶が戻る。まず、ここが中央線快速東京行きの車内であること。これから神田で降りて山手線に乗り換えること。上野で降りて動物園へデートに行くこと。この軽薄な男の名は松本恭一《まつもときょういち》といい、私の彼氏であること。

「よくボーッとしてるよね、真澄って」

「うん、聞いてる」

嘘だった。私は恭一の話など全く聞いていなかった。こういうときの頭の中は、夢を見ているときに似ている。言葉が音としか認識できなくなり、意識と無意識が曖昧になって、ここがどこなのか、自分が誰なのかも忘れてしまう。

私の言葉に少しも疑いを持たなかったらしい恭一は言った。

「俺、動物園久しぶりなんだよね。高校のときの彼女と行って以来だから。真澄は?」

平然と元カノの話をされてカチンと来たが、表情には出さないようにつとめて答えた。

「保育園のときが最後」

恭一は大げさにのけぞった。

「え、嘘っ。じゃあ二十年ぶりくらいか」

よし、と恭一は小さく頷いた。たぶん「めったにない機会を与えてやった」という気分なのだろう。二十年、動物園に近づかなかった理由があるとは考えないようだ。私はよっぽど上野の森美術館のほうに行きたかったが、彼が興味を持つはずがない。それに、恭一が組んで来たであろう「完璧なプラン」に水を差して機嫌を損ねられても、面倒くさい。

出会った頃、恭一はとても素敵な男性に見えた。明るくて頼もしい人だと思っていた。数年付き合ううちに、ただデリカシーがなくて呑気なだけの男なんだと気付いた。

「上野動物園ってゾウいるよね？　ゾウ、かわいいよね。目が優しくてさ」

恭一が無邪気に言う。

「うん」

ああ、これから私は泥にまみれた皺だらけの生き物を前にして「かわいい」などと言うことになる。みんなはいともたやすくそれができるのだ。実物の上にぬいぐるみのイメージを重ねて見ているだけだと気付いていない。

動物に限らない。たとえばペイズリー柄が、そうだ。バンダナの模様としてすっかり定着しているけれど、私には病原体にしか見えない。一度でもよく見ていればあんな柄を使おうとは思わないはずだ。

イチゴもよく見ると気持ち悪い。まずあの赤さが異常だし、無数の窪みの奥に小さい種が埋まっているのを見ると鳥肌が立つ。スイカの断面も赤さと種の配列が不気味で、長いあいだ見ていられない。メロンの表面の網目模様もまるで神経が通っているようでぞわっとする。中心にジュクジュクの種がみっしりと詰まっているのも嫌だ。

気持ちの悪いものはそこらじゅうに溢れている。サンゴ礁・米がつかないしゃもじ・蓮根・マンガに出てくるたんこぶ・点描・ウーパールーパー・銀河系・もつ煮・ザクロ・刺繍の裏地・クリオネ・ピザ・頭だけ異様に大きいプロ野球選手のフィギュア・防音室の壁・ミカヅキモ・坊主頭の後頭部・ちらし寿司・うろこ雲・レゴブロックの突起・マスゲーム・心

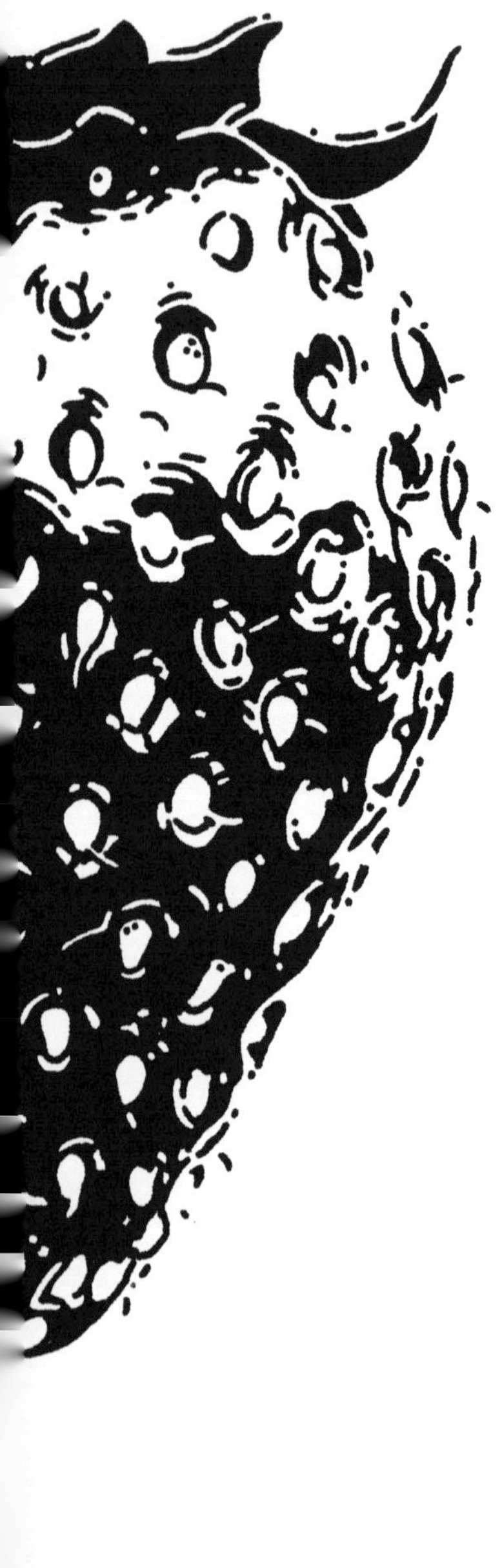

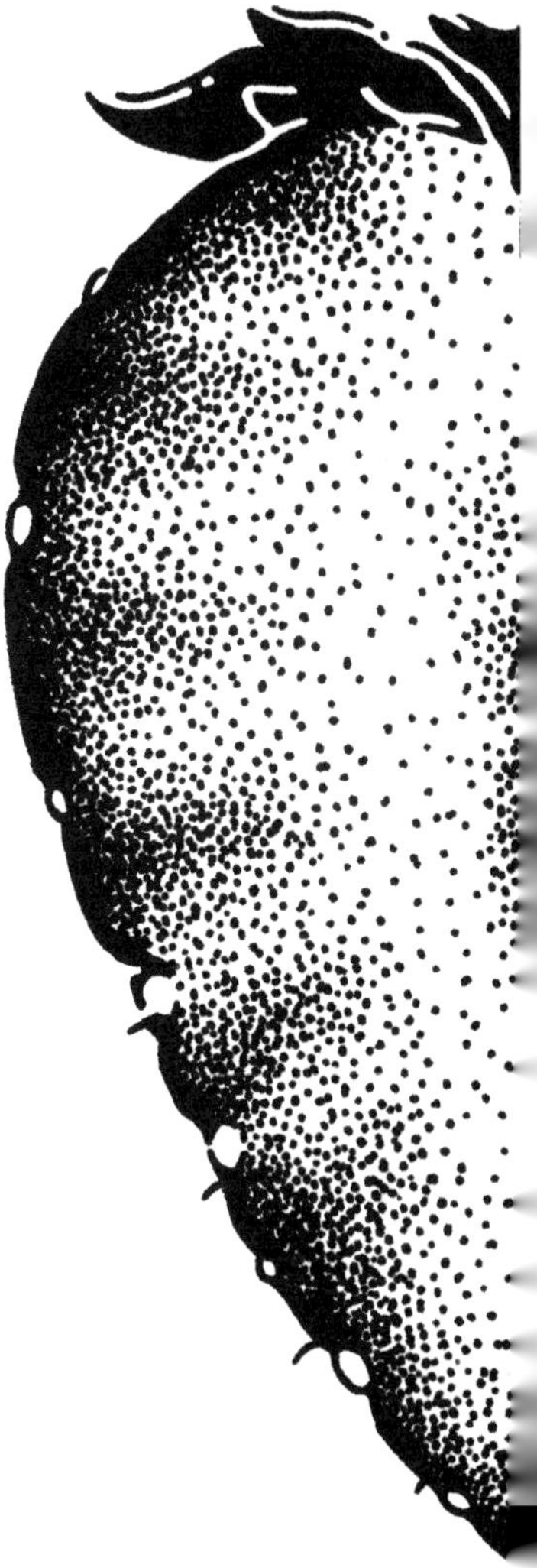

臓マッサージ練習用のマネキン・仏像の頭・プリクラで拡大された目・キノコ・皮膚に残る畳の跡・ヒマワリなど、そういうものたち。どれもなんとなく眺めているぶんには気にならないのに、じっと見るとディティールの生々しさが薄気味悪く見えてくる。神は細部に宿ると言うけれど、だとすれば神はグロテスクな姿をしているに違いない。

私は恭一に訊《たず》ねてみた。

「あのさ、ペイズリーって気持ち悪くない？」

恭一は数回まばたきをした。

「ペイズリー？　模様の？　なんで？」

「なんか、菌みたいに見えるんだ」

「なんだよ、それ」

恭一はヘラヘラ笑った。私はがっかりした。やっぱり彼はそういう人間だった。この男にはぬいぐるみのような世界しか見えていない。どうして私はそんな彼と付き合っているんだろう。交際してそろそろ三年になるが、最近は彼のちょっとした仕草が鼻につく。付き合いたての頃は気にしたこともなかったはずなのに、今は嫌な点を挙げていけばキリがない。

目の前で元カノの話をするところが嫌だ。

いつ行っても部屋の隅にホコリが溜まっているところが嫌だ。

頻繁に「要するに」と言うわりに、全然要せていないところが嫌だ。

パソコンのデスクトップが「新しいフォルダ」で一杯になっているところが嫌だ。

さっきまで読んでいた雑誌に足を乗せて急に爪を切り始めるところが嫌だ。

どういう傘の差し方をしているか知らないけれど、雨の日に帰ってくると必ず背中がビショビショになっているところが嫌だ。

フライドポテトを食べたとき、手についた油分をドリンクの容器の表面についた水滴で拭くところが嫌だ。

全て、三年間一緒にいたから見えてきた嫌なところだ。

「おーい」

眼前に、キツネがいた。恭一が手でキツネの形を作って、顔の前で揺らしていた。

「……ん」

とっさに現実に戻れず曖昧な返事をした私に、恭一は笑って言った。

「もう神田着くよ。ほんとボーッとしてると前見えてないのな」

電車が止まるのと同時に、恭一は私の手を取って立ち上がった。恭一の手は大きくゴツゴツとしていて、手の甲に細い毛がたくさん生えている。中指の爪が割れていた。

「段差、気をつけて」

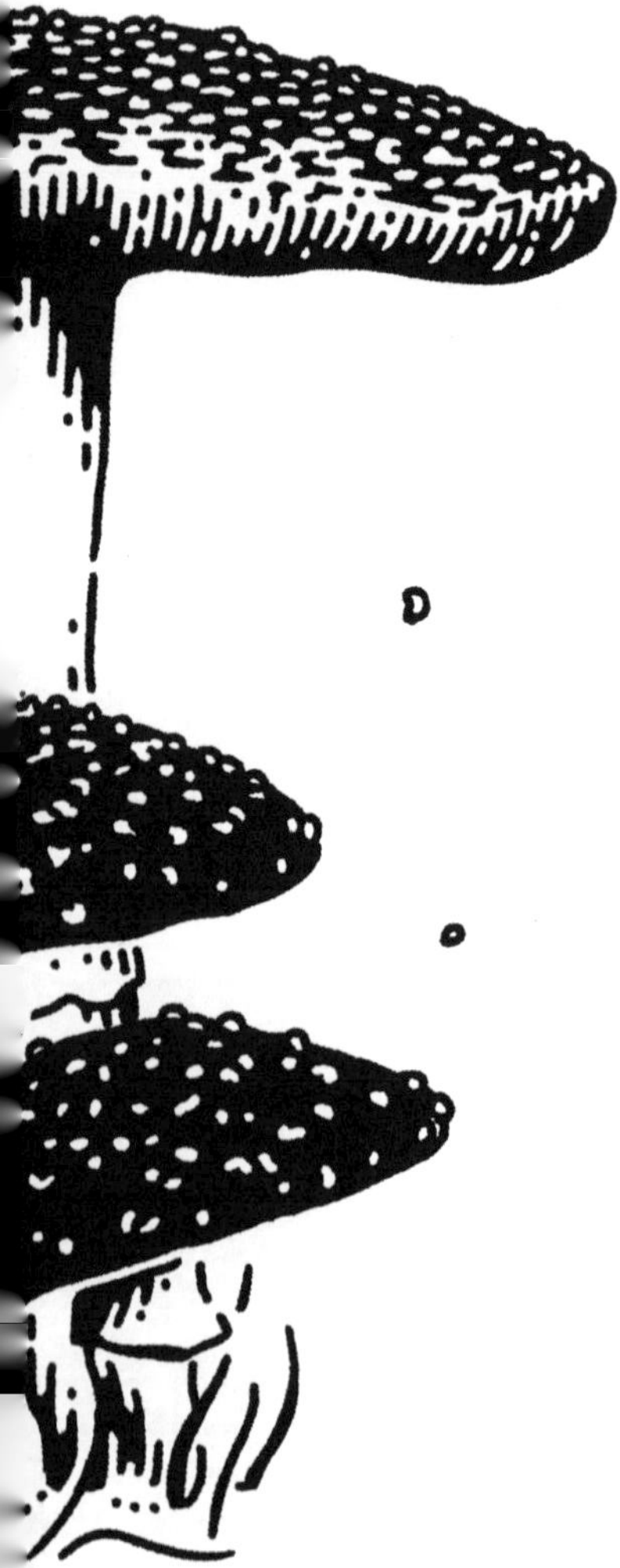

この人は、私のこともぬいぐるみのように見ているのだろうか。そうであって欲しい気もするし、それは嫌な気もする。人混みの中、恭一に手を引かれながら動物園のことを考えた。本物のゾウは相変わらず私にとって不気味だろう。私は、その気持ちを恭一に打ち明けようと思った。もし笑って受け止められたら、この生温かい手の持ち主と、もう少しやっていける気がしたのだ。

東京―御茶ノ水

「都築くん、始発は好きかい」

突然、横に座っていた新渡戸先輩が僕に訊ねた。

「好きですよ、空《す》いてるし座れますから」

混んでいるよりは空いているほうがいい。僕たちは東京駅ホーム、中央線快速高尾行きの三両目で発車を待っている。現にこの車両はガラガラだ。すると、新渡戸先輩はあからさまにつまらなそうな顔をした。

「都築くん、それは始発が好きだとは言わないんじゃないかなあ。空いていて座れる電車が好きだと言うんだよ」

屁理屈が始まった。新渡戸先輩は人の言葉尻を捕らえるのが趣味なのだ。これまで僕が新渡戸先輩と話す機会はあまりなかったものの、何度か交わした会話やほかの先輩から伝え聞いた話で、面倒臭さはよく知っていた。ドアが閉まり、列車の運行が始まった。軽い慣性の法則が横向きに働くなか、僕は先輩に反論した。

「それって何が違うんですか。空いてるのも座れるのも、始発が持ってる要素じゃないですか」

「全然違うよ。たとえばだよ、都築くんが可愛い女の子に告白されたらどうする」

「喜びます」

「そのとき『あたしは都築くんの財布に入ってる一万円が好きだから、それを持ってる都築くんも好きよ』と言われたらどんな気分だ」

「複雑です」

「だろう。だから都築くんは、始発の都合のいい面だけを見ておいて『始発が好きです』などと言える厚顔無恥で魔性の女なんだよ」

「男です」

「プロ野球選手と結婚する女子アナウンサーみたいなものだと思うよ」

その例は偏見じゃないか。質問に答えただけでひどい言われようだ。

「ええと、じゃあ、本当に始発が好きってのはどういうことですか」

「始発の全てを愛することだよ。自分みたいに」

新渡戸先輩の一人称は「自分」だ。それが妙に似合っている。

「じゃあ先輩は始発の全てを愛してるんですか」

「そうだ。むしろ始発に愛されていると言ってもいいくらいだ」

「意味がよく分からないです」

「自分が都築くんに意味を分からせようとして話してると思うなんて、思い上がりも甚だしいと思うよ。じゃあレベルを落としてあげる。本当を言うと、始発は一番乗りだから好きなんだ」

「一番乗りだと空いてるし座れるから、でしょう」

先輩はかぶりを振った。

「違う違う違う。『一番乗り』であることが重要なんだ。ちなみに『一番乗り』と『一番』は全く違うものだよ。アメリカ大陸におけるコロンブスとワシントンくらい違う。百番目にやって来た人でも一番にはなれるけど、一番目にやって来ないと一番乗りにはなれないんだからね」

「はあ」

「一番乗りの優越感にはたまらないものがあるね。新雪を踏み荒らす快感に近い」

ああ、それは少し分かる。新品の消しゴムを使うときとかも。

「自分が始発を好きな理由がそれだね。始発に乗って、あとから乗り合わせてきた客達に向けて優越の視線を送るのが何よりも楽しいんだ」

「先輩は用もないのに毎朝六時に登校してるって聞いたんですけど、もしかしてそのためなんですか」

「よく分かったね。誰もいない教室を独り占めするのが好きなんだよ。朝練に来た運動部員たちが登校してくるのを窓から眺めて笑ってる奴がいたら自分だと思っていい」

言われなくても、そんな妙な人物は新渡戸先輩くらいしかいないだろう。

「ただ、たまに絶望的な気分になるんだ」

「どうしてですか」

「いくら早く登校しても、自分がこの高校の七十八期生にすぎないと思うとね。コロンブスもネイティブアメリカンには先を越されているわけだし、始発だって、これまでに何万もの人が使っているんだから。物事のパイオニアになるのはとても難しいことなんだよね」

先輩は、ふうと溜息をついた。こんなことで真剣に溜息をつけるのは才能だとしか言いようがない。

「ところで、自分が憧れている人物はいったい誰なのか、分かるかな」

僕はしばらく、といっても二秒くらい考えてから答えた。

「エジソン、とかですか」

「アダムとイヴ」

「……ああ、なるほど」

列車は御茶ノ水にさしかかり、車内の乗客はそれなりに増えてきていた。

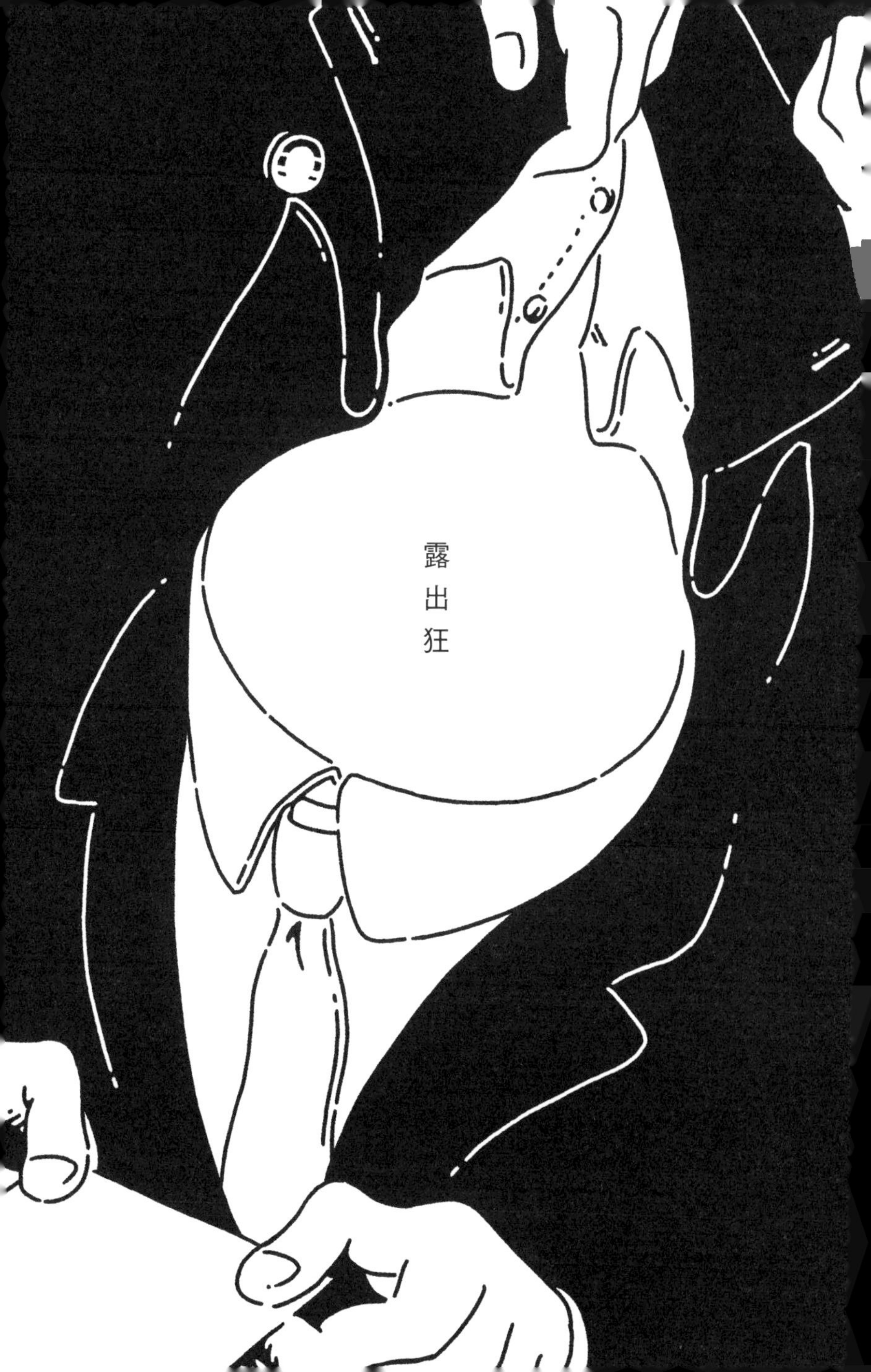

露出狂

佐々木孝太郎（ささき こうたろう）・31歳・印刷会社勤務

小学生の頃の担任教師。ほぼ毎日会っていたはずなのに、今は名前どころか顔も浮かんでこない。当時のあだ名だけは覚えている。「中東ゴリラ」だ。

中学時代のクラスメイト。微かに好意を抱いていた女子が隣の席にいた。だが今は解像度の低い笑顔がぼんやりと浮かぶだけだ。左上の前歯が欠けていたことだけなぜか覚えている。

高校時代のクラスメイト。もう誰の名前も覚えていない。

大学時代……誰かの顔や名前を覚えようとしたことがあっただろうか。

立川行きの快速列車に揺られながら、佐々木孝太郎は今までに何を忘れてきたかを思い出していた。下り列車とはいえ朝の中央線はそれなりに混み合う。今日はいつもより早くに乗ったのだが、座れそうな席は見当たらない。孝太郎は吊り革を掴んで窓の外の景色を眺めていた。屋根や電信柱が右から左へ流れ消えていく。そうやって、俺も無数の人々に忘れられてきたのだろうと、孝太郎は考えた。

　孝太郎の半身が車窓の向こう側の景色に重なって映っている。紺のスーツで、茶色い鞄を携え、四角い眼鏡をかけている三十路過ぎの男。まるで「サラリーマン」という一般名詞の説明に添えられた挿絵のようだ。

　昔から孝太郎は目立たない男だった。彼がそれを最初に自覚したのは十歳のときだ。遠足の途中で孝太郎はグループをはぐれて迷子になった。半泣きで一時間以上歩きまわり、なんとか自力で合流したのだが、誰一人として孝太郎がいなくなったことに気付いていなかった。泣く孝太郎を、クラスメイトたちはきょとんとした顔で見た。

　彼の人生はそんなことばかりが続いた。年賀状の返事は来ない。取引先には何度もはじめましてと言われる。「マスター、いつもの」を言う機会は来ない。

　俺が中東ゴリラや前歯の欠けた女子や高校・大学の同級生たちを忘れてしまったように、彼らもすでに俺を忘れているに違いない。俺は誰の記憶にも残らない。

　孝太郎には特別親しいと言える友人はいない。恋人もいない。孤立しているつもりはないのに、気がつけば一人になっている。人を惹きつける引力が弱いのだと彼は自己分析していた。俺に関わる人々は、ただ俺の前を通過しているにすぎない、と。

そして、彼は露出狂だった。金曜日の夜になると、学校帰りの中高生の前に現れ、おもむろにズボンを下ろすのが彼の習慣だ。少女の驚きと恐怖と嫌悪の表情や叫び声が、孝太郎の無上の喜びであるとともに、生きがいなのだ。

同僚の女性が酒の席で漏らした愚痴がきっかけだった。中学時代、部活の帰り道で彼女は露出狂に遭遇した。そのときの男の不気味な笑顔が酷《ひど》いトラウマになっていて、今でもたまに夢に出てくるのだという。「あいつは死ね、苦しんで死ね」と身震いしながら怒りをあらわにする彼女に相槌を打ちながら、孝太郎は内心で凄まじい衝撃を受けていた。こんなに簡単に、人の記憶に残る方法があったなんて！　彼女はその話を孝太郎にしたことを忘れて、日を変えて合計三回繰り返した。それを聞くたびに孝太郎は露出への憧れを募らせた。

初めて露出行為に及んだときのことを孝太郎はよく覚えている。けだるく蒸し暑い夕方の通学路で、中学生くらいの少女とすれ違った。孝太郎は半ば衝動的に、少女に声をかけた。そして、ズボンを下ろしてみた。異変に気付いた少女の視線が一箇所に集まり、表情がみるみるこわばっていく。こんなにはっきりとした恐怖の表情を間近で見たのは初めてだった。しかも恐怖の対象は自分なのだ。顔を背けて滑るように逃げ去る少女を目で追いながら、孝太郎は今まで感じたこともない快感にうち震えた。

それは誰かの記憶に刻み込まれるという快感だった。きっと、あの子は俺のことをずっと忘れないだろう。この道を通るたびに俺の姿が頭をよぎるはずだ。ここまで強烈に自分の姿を誰かに印象づけた経験はかつてなく、以来、彼は露出行為の虜になった。

警察にマークされないよう、孝太郎は細心の注意を払って行為に臨んでいた。舞台に選ぶのは主に通学路だったが、同じ場所に何度も足を運ぶことは避け、服装にも気を遣う。騒がれそうになったらすみやかに逃げた。素晴らしい趣味を長く続けるためにはあまり目立つのは良くない。

停車アナウンスが流れ、走る列車が速度を緩めた。孝太郎は次の駅を電光掲示板で確認するついでに車内をぐるりと見回した。朝の列車にはいろんな人間がいる。中吊り広告を熟読する中年、熱心に化粧するＯＬ、うつむいている老人、ゲームに夢中の学生……互いに無関心をアピールしているかのようだ。彼は胸中でそっと呟く。皆さんは知らないでしょう、私は露出魔なのですよ。孝太郎はこの趣味を手にしてから密かに自信と誇りを育てていた。

ふと、一人の少女の姿が目に留まった。

小柄な女子中学生だ。車内の中程にいる孝太郎から二メートルほど離れたドア付近に立ち、片手で手すりを掴んで文庫本を読んでいる。ここからだと横顔しか見えないが、そのセーラー服と端整な顔立ちに確かな見覚えがあった。

間違いない、以前俺が自身を晒した子だ。今は落ち着き払ってページをめくっているその表情が恐怖に歪んだ瞬間を、目の前で見ていた。忘れるはずがない。こんなに利発そうな子の記憶に自分を留めることができたら素敵だろうなと思ったのだ。彼女は期待どおりの反応を示してくれ満足していたから、俺の印象も強かった。記憶との一致を確信した瞬間、痛いほど心臓が高鳴った。運命的な再会のときめきではない。万が一気付かれたら、取り返しのつかないことになるという危機感のためだ。

幸い、少女は読書に夢中で孝太郎に気付く様子はなさそうだが、不意にこっちを向かないとも限らない。なにしろ一度は顔を見られているのだ。あのときの露出狂だと悟られる可能性は十分ある。もう気付かれていることだってありうる。読みが浅かった。行為をはたらいた相手に夜道以外で遭遇する可能性があることくらい、簡単に想定できたじゃないか。孝太郎は自らの考えの足りなさを今頃になって呪った。

落ち着くために息を吸い込む。いつか、誰だったか、スポーツ選手が言っていた。記録よりも記憶に残る選手になりたいと。露出狂も同じだ。俺はただ、彼女らの記憶に残りたいだけだ。孝太郎は常々そう思っていた。それでも、警察の記録に残るのは御免蒙《ごめんこうむ》りたい。正気でない振る舞いを続けるのに必要なのは理性だけなのだ。理性的に行動しなくては。

もうすぐ武蔵小金井に停車する。そこで降りてしまおう。勤める会社はもう一駅先の国分寺にあったが、あと一駅分も平気な顔をして立っていられる自信がなかった。隣の車両に移動することも考えたが、混んだ車内で動き回るとかえって目立つ恐れがある。だったら俺は今さっさと降りて、後発の電車に乗り換えてしまえばいい。簡単なことだ。額にじっとりと滲んだ嫌な汗をハンカチで拭った。まるで越境する亡命者になった気分だ。

ドアが開くと同時に孝太郎は列車から駆け降りた。少女の様子を確認する余裕はない。心拍数が限界まで上がっている。なるべく早く、電車に背を向けて歩き出す。

「あの」

唐突に後ろから呼びかける声がした。

まだ幼さの残る声。孝太郎は硬直した。俺に向けている？　そうでないことを祈りながら振り返ると、案の定、少女がいた。

心臓がぎゅっと縮んだ。たたたと小走りで駆け寄る少女。やはり俺の顔を覚えていたのか？　だから追ってきたと言うわけか。いつ気付かれた？　最初から？　俺をどうするつもりだ？　警察を呼ぶ？　今すぐ逃げ出したかったが、孝太郎はなんとか声を絞り出した。

「な、なに」

かすれてうわずった、不自然な声。

「あの、定期……落として……」

そう遠慮がちに言った少女は、革製のパスケースを孝太郎に差し出した。


列車がゆっくりと動き出し、立川方面へ消えていく。少女を見送った孝太郎は、呆然としたまま手の中のパスケースに目を落とした。確かに自分のものだ。何かの拍子で車内に落とし、気付かず降りてしまったのだろう。親切なあの子がそれを、拾い、渡してくれた。

それだけだったのだ。

あの子は俺との暗がりでの出会いなんて覚えていなかった。

「ああ」

孝太郎は、ホームのベンチにへなへなと座り込んだ。

「覚えてなかったのか」

深い溜息が漏れた。安堵と悔しさが混じった乾いた息だった。

春

浅川 梢（あさかわ こずえ）・14歳・中学生

プシュウという音を立ててドアが閉まった。私がパスケースを渡したサラリーマンは、もう見えなくなっていた。まだ心臓がどきどきしている。知らない人に話しかけるのはやっぱり緊張する。でも間に合って良かった。私が拾わなかったら、あの人は今ごろ困っていただろう。

ドアの横のところに戻って、軽くもたれた。ホッと一息つく。隅っこは心が落ち着く。私はバッグからまた文庫本を取り出した。しおりを挟み忘れて閉じたせいでどこまで読んだか分からなくなってしまった。でもあまり困らない。もともと、よく分からないまま読んでいたから。それに、内容に集中していたら落とし物にも気付けなかったはずだ。

友達の彩絵《さえ》が貸してくれたこの小説は、難しい。知らない単語が出てくるわけではないのに、なかなか読み進められない。主人公は私と同じ中学二年生の女の子。それは身近でいいんだけれど、いつも色々と難しいことを考えていて、ずっと何かにイライラしている。クラスメイト、先生、親とか人類みんなのことが嫌いで嫌いで仕方がないらしい。なんで嫌いなのかはよく分からない。今読んでいるところで、彼女はとうとう刃物を持って家出してしまった。なんでだ。

私はこんなこと、考えたこともない。クラスメイトも先生も親も、まあ、普通に好きだ。もちろん嫌いな人だっているけど、殺したいほどじゃない。それはみんなそうだと思っていた。でも、そうでもないらしい。彩絵はこの子の気持ちがよく分かると言っているのだ。

確かに、彩絵は最近よくいろんなことにイライラしている。とにかく「くだらない」そうだ。国語の授業で生徒に一行ずつ音読させるのがくだらない。制服の下にわざわざ柄物のシャツを透けさせている男子がくだらない。健康番組ばかり見ている親がくだらない。なんで健康番組を見るのがくだらないのか訊いたら、「人ってどうせ死ぬし？」と言われた。私は死ぬまでは健康でいたいと思ったけど、言わなかった。

ちょっと前まで、彩絵はこんな感じじゃなかった。少なくとも小学生のときはもっとよく笑う子だった。私がよく笑わせていた。中学に入ってから彩絵の雰囲気はちょっとずつ変わっていった。たとえば、スカートの丈がやけに長くなった。入学したての頃は私と同じひざ丈くらいだったのに、どんどん長くなり、今はひざ下一五センチくらいまで伸びた。ソックスにかぶりそうな勢いだ。それと、難しい本ばかり読むようになった。彩絵は小学生の頃から本をよく読んでいたけど、だいたい「青い鳥文庫」とかだった。今は大人向けの文学ばかり読んでいる。彩絵に言わせれば「たいしたことない、暇つぶしの」本らしいけど、ちょっと見せてもらったらさっぱり意味が分からなかった。今借りているのは、「中学生向けならこれがいいんじゃない?」と彩絵が勧めてくれた本だ。自分も中学生のくせに。でも、貸してもらえたのは嬉しかった。

私はあんまり本を読まない。大学生のお兄ちゃんの部屋から漫画を借りてきて読むくらいだ。だから、彩絵から借りた文庫本を唸《うな》りながら家で読んでいたらお母さんに驚かれた。さらに「ダメよ、本ばっかり読んだら毎日がつまらなくなるよ」と注意された。普通は「本は人生を豊かにするわよ」とかじゃないの? お母さんはたまに変なことを言う。でも、本ばかり読むと毎日がつまらなくなるのは本当かもしれない。何しろ彩絵は毎日退屈そうだから。

「西国分寺、西国分寺です」

ぼんやりしていたらもう西国分寺だ。相変わらず読書はなかなか進まない。主人公の女の子がだんだん彩絵に見えてきたせいで集中しにくい。さすがに彩絵は雨に濡れながら夜の繁

華街をさまよったりはしないと思うけど。

「つかさあ」「マジ」

ドアが開いて、聞き覚えのある声がした。文庫本からちょっとだけ顔を上げると、同じクラスの西浦《にしうら》陽《よう》子《こ》がほかのクラスの友達と喋りながら乗車してきた。あいつらは不良だ。喧嘩とかはしないけど隠れてお酒を飲んだり髪をいじくったりしている。中でもあの西浦陽子は特に先生に反抗的だ。授業中にずーっと頬杖をついていると思ったら、袖の中にイヤホンのコードを通して片耳で音楽を聴いていたこともある。それを友達に自慢気に報告する西浦を尻目に、彩絵は「くっだらない」といつものセリフを言っていた。それに関しては私も同感だ。家で聴けばいいのに。なんでわざわざ意味ないことをするんだろう。

「で、早くやれとか言って意味分かんなくて」「うん」「ふざけんなしと思って」「分かる」「めっちゃキレて帰った」「やばくね」

電車の中でも西浦たちのおしゃべりは止まらない。もう少し静かにしてほしいけど、言え

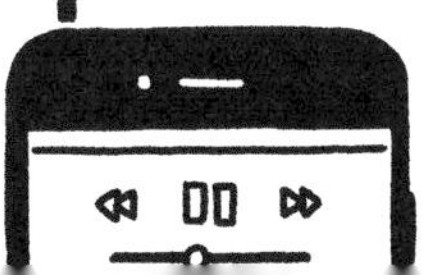

る勇気はない。

それにしても、すごく短いスカートが目につく。ひざ上一〇センチくらいまでしかない。あれも完全に校則違反だ。見かけるたびに丈が短くなっている気がする。このままどんどん上にいったらシャンプーハットみたいになっちゃうんじゃない？……と言えば、ちょっと前までの彩絵なら笑ってくれただろうな。私は彩絵にしょうもない冗談を言って笑うのがすごく好きだった。今はなんとなく言いにくい。

私のスカートはきっちりひざ丈だ。この前「なんでひざ丈なの？」とクラスメイトに聞かれて驚いてしまった。

「えっ、だって校則がひざ丈じゃん」

「うわぁ、真面目か！」

なぜか笑われて、漫才みたいに頭を軽くはたかれた。「うわぁ、真面目か」と言った子は別に西浦みたいな不良じゃない。普通の子だ。普通の子でもスカートをちょっとだけ折ってちょっとだけ短くしているとそのとき知った。どうしてそんなことをするんだろう？　私にはよく分からない。でも、それを訊ねたらまた笑われる。だから黙っている。そういうことが増えてきた。

変なのは私のほうなんだろう。私は心の身長みたいなものがみんなより低いのだ。みんなには私に見えない景色が見えていて、そこは大人の世界の風景とつながっている。いつかみんな本当の大人になっても、私だけはいつまでもひざ丈から子供の世界を眺めているような、そんな気がする。

「国立、国立です」

もう小説の文字が全然頭に入ってこない。この本に共感したり、スカートを上げたり下げたり、彼氏ができたとかで盛り上がったり、父親の悪口を友達に打ち明けたり、裁縫の授業で作ったやつじゃなくて自分で買ったエプロンを持参して調理実習に参加したり、「これ」を「此れ」と書いたりしている同年代のみんなは今、何を見ているんだろう。たぶん、それが思春期とか青春とかいうやつだ。

このあいだ、お母さんがテレビを見ながら何気なく言ったことを思い出した。青春映画の予告編のCMが流れていた。

「梢、青春には気をつけなよ」

「え？　青春？」

「青春映画とか青春小説とか、あとロックのバンドが歌ってるでしょ、若者の悩みやら葛藤みたいなのを。でもね、あんなの青春だと思ったらダメよ。あれは全部、大人が作ってるんだからね」

「うん？」

「ああいうのは大人のみみっちい後悔を子供に演じさせてるだけなの。あんたは本物の子供なんだから、そんなのに付き合わなくていいの。分かった？」

「よく分からん」

「よく分からんなら、あんたまだ正真正銘の子供だ。大丈夫」

お母さんはアハハと笑った。私はキョトンとしていた。

今考えてもお母さんが言ったことの意味はよく分からないけど、子供扱いされても受け入れちゃう私がやっぱりまだ子供だってことはよく分かる。それはもう、自分じゃどうしようもない。そう考えると少し楽になれる。私は本をバッグにしまって、ドア横に付いている縦長の手すりに後頭部を少し

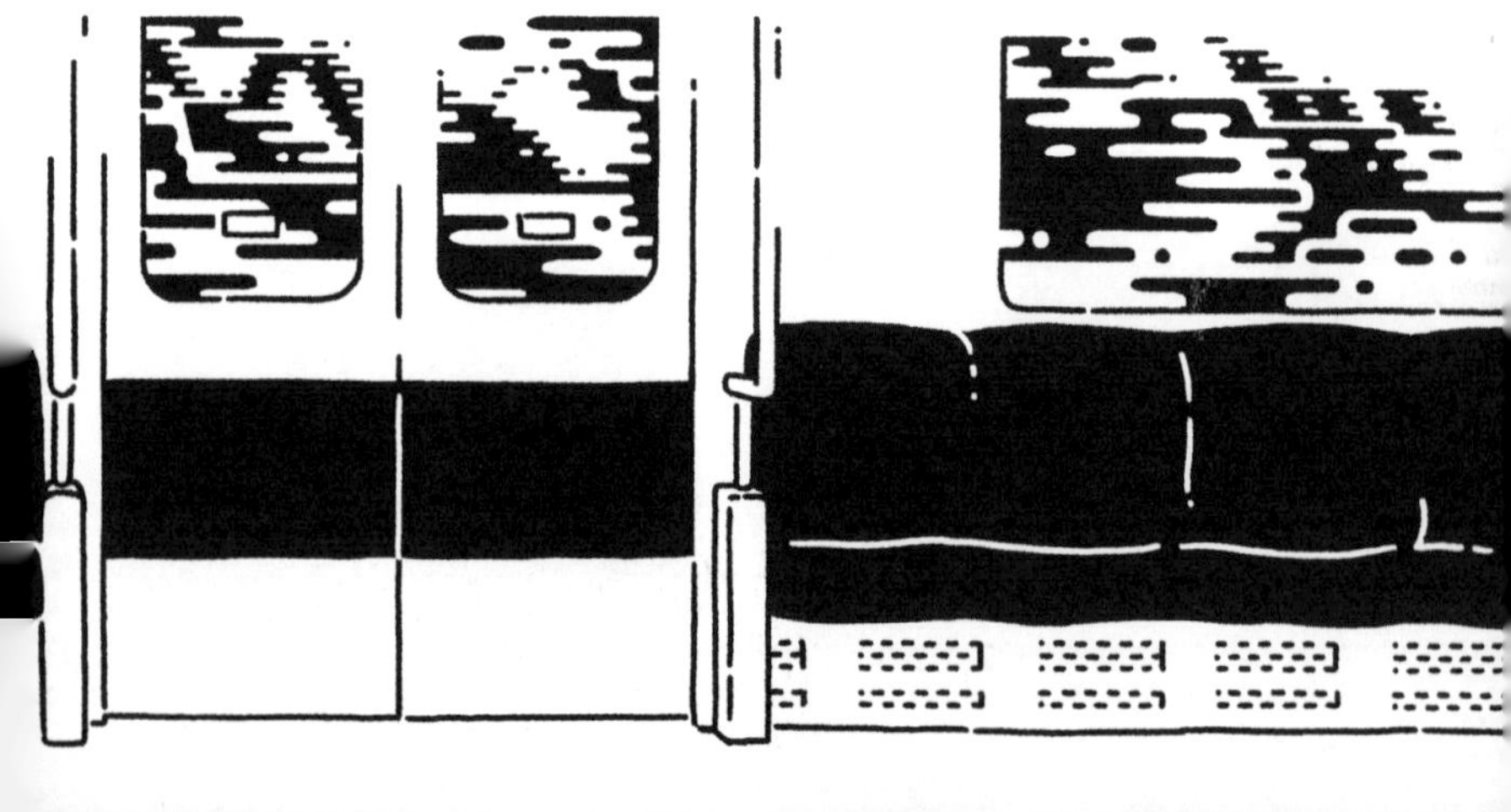

押し当てた。走る列車の振動が伝わってくる。こうやってから外を眺めていると、電車と呼吸が一体になったような感じがする。小さい頃からやっている遊びだ。景色が流れていく。その流れが緩やかになって、振動が収まる。

「立川、立川です」

私の真横のドアが開いたら、そこに彩絵がいた。ショートカットに、赤いセルフレームの眼鏡。そしてやっぱりスカートは妙に長かった。

「あ、梢」

「おはよう」

私は西荻窪から、彩絵は立川駅から乗って豊田で降りる。でも、同じ車両に乗り合わせることはあまりない。さっきから彩絵のことばかり頭にあったから、不思議な気分だった。

「珍しいね、電車で会うの」

「うん」

あっちの不良みたいにならないように、ちょっと声のトーンは落とした。

「あ、そうだ。借りてた本だけどさ、もう少し借りてていい？」

「別に、いいよ」

「まだ全部読めてないんだ。読み終わったら『よく分からん』って言って返すから」

「んふっ」彩絵が吹き出した。

「なんでよ。分かんないなら今返してもいいよ」

「全部読んでから分かんないって言いたい的なやつだよ。今度私がおすすめの本貸すし」

「何？」

「『ドラゴンボール』読んだことある？」

「くっだらな。子供か」

また笑った。いや、バカにされてるのかもしれないけど、まあそれでもいい。私はしょうもないことばかり考えているんだから、しょうもないことを言うしかない。

「豊田、豊田です」

真横のドアがまた開いた。私と彩絵はホームに下りて、出口に向かう。不良の西浦とか、その友達とか、ほかの車両に乗ってた生徒たちがぞろぞろ降りてくる。私はちょうどひざが

隠れるスカートを揺らしながら、その中に混じっていった。

御茶ノ水一四ツ谷

新渡戸先輩が中吊り広告をじっと見ている。そして何やら考え込んでいる。

「都築くん。アイドルに興味はあるかい」

どうやらゴシップ誌の広告に並んでいる若いアイドルたちを見ていたらしい。

「まあ、ないわけじゃないです」

「それは顔がいいから？」

「元も子もないですけど、まあそうです」

「アイドルというのはすごい商売だね。顔のデコボコの具合がそのまま価値になるんだからね」

「褒めてるんですか、馬鹿にしてるんですか」

「褒めている。自分もアイドルは好きだから」

それは少し意外だった。新渡戸先輩はそういったものに興味がないと思っていた。

「なんだその顔は。美しいものを見るのは楽しいじゃないか。目の保養という言葉があるけど、実際に美しい顔からは栄養が出ている気がする。ビタミンAとかコエンザイムQ10とか、テトロドトキシンとか」

「最後のは毒じゃないですか」

「じゃあ、都築くんは、もしアイドルと付き合えたらと妄想したことはあるか」

言いたくないよそんな恥ずかしいこと、と思ったが、先輩に妙に真っ直ぐな目で見られて、つい正直になってしまった。

「まあ、ないわけじゃないです」

先輩は興味深そうに目を大きく見開いて、あごを掻きながら言った。

「……それは、そのアイドルがアイドルだという設定を持ったうえで？」

「え、どういうことですか」

「つまり、都築くんがアイドルと付き合うことを妄想するなら、その選択肢は二つあると思うんだ。一つは、『彼女がアイドルである』という設定も含めて付き合う妄想をすること。もう一つは、アイドルの容姿だけ抜き出して妄想すること。これは大きな違いだと思う。都築くんはどっち派なの？」

「そこまで深く考えたことないですけど、どっちかといえばアイドル設定も含めてだと思います」

新渡戸先輩の顔が険しくなった。

「でも、そうなると……溝が生じるよね。彼女は朝からグラビア誌の撮影。昼はインタビュー。夜はダンスのレッスン。睡眠を取れるのは移動中のロケバスのフラットシートだけ。それでも目の下のクマをメイクで隠し、健気《けなげ》に笑顔を振りまいている。かたや都築くんは気楽な高校生。悩みはお小遣いが少ないこと。好きな食べ物はハンバーグ。これだけ立場が違っていて、どうやって対等な関係を築くんだ。デートをする時間も取れないだろうし、マスコミの目も光っているし」

「うーん……」

「それに、思春期を芸能に売った子が心の内に秘めている屈折を、都築くんはどうやってケアしてあげるつもりなんだ。その自信があるのかどうかも問いたい」

「そ、そんな覚悟の話になっちゃうんですか」

「いや、そもそも、どうしてアイドルが都築くんなんかと付き合うんだ?」

「それ言ったらおしまいでしょう!」

「こうやって考えると、アイドル設定を引き継いで付き合う妄想をするのは、かなり難しいことだと思わないかな。まるで四角い三角形について考えるみたいだ」

「先輩が勝手に難しくしてるんじゃないですか。じゃあ、アイドル設定はなしで、顔だけアイドルと同じ子と付き合うということにします」

「なるほど。顔は『アイドル級』だが、身分は普通のクラスメートというわけだ」

「そうです。それなら問題ないでしょ」

新渡戸先輩はまた険しい顔になり、頭を抱えて言った。

「都築くんがそんなアイドル級に可愛い子と付き合えるわけがない……」

「だから、仮定の話じゃないですか!」

「仮定の話でもだよ。正しい結論は正しい推論から導かれるんだ」

「つまり、何が言いたいんですか」

「君はアイドルとは付き合えない」

「最初から分かってますよ、そんなこと」

中央線快速は、御茶ノ水から三駅飛ばして四ツ谷に停まる。それでも高尾まではまだまだかかるだろう。

四ツ谷――新宿

新渡戸先輩は口元を手のひらで押さえて黙り込んでいた。と言っても、ほんの数十秒のことだ。すぐに僕のほうを向いて口を開いた。

「都築くんにニックネームはある?」

相変わらず、会話の始まりに脈絡がない。

「今はないです」

「ってことは、以前はあったんだね」

「中学の頃は」

「気になるな。なんて呼ばれてたの」

あまり教えたくはなかった。いい思い出がないのだ。

「それ、言わなくちゃダメですかね」

「言ってごらんよ。笑ったりしないから」

僕は意を決して答えた。

「……『ペポ』です」

「え？」

「『ペポ』って呼ばれてました」

「あはっ。ペ、ペポ？　くくく、くく、くっ」

電車内だからか、僕に配慮しているのか、先輩は背中を震わせながら息を漏らして笑った。

「笑わないって言ったじゃないですか」

「あ、いや。ごめん。あんまり可愛いから。なんでペポって呼ばれてたんだい」

「それが……ちょっと複雑なんですけど。中二くらいまでは普通に都築くんって呼ばれてたんです。でもある日突然クラスの男子がふざけて『ツヅッキーニ』って僕を呼んだらなぜかウケて、定着しちゃって」

「うんうん」

「そのうち『ツヅッキーニ』は語呂が悪いってことで、一週間もしないうちに『ズッキーニ』に縮められちゃったんです」

「名字の要素がほぼ消え失せたね」

「消え失せました。そしたら一ヵ月後くらいに『ズッキーニはペポカボチャというカボチャの一種らしい』ってことを、クラスの誰かが言い出して」

「それでペポにされたんだね」

「すごくイヤでしたよ。女子にもペポくんとか呼ばれるし。高校は僕の中学時代のあだ名を知ってる人がいなくてホッとしたくらいなんですから」

「いや、でも確かに言われてみれば、君はペポって感じだよ。うん。ペポ。ペポだな都築くんは。全国十六位以内に入れるくらいペポだ」

「インターハイ出られるじゃないですか。やめてくださいよ、もう」

「『由緒がある』っていうのは、そういうのを言うんだろうね。本名なんて親のエゴを貼り付けたラベルにすぎないけど、ニックネームは人間関係や環境が噛み合って生まれる偶発的なものだ。だから自分はあだ名が好きなんだよね。名には願いがあり、あだ名には歴史がある」

先輩はそう語って勝手に頷いた。

「じゃあ、先輩のあだ名はどうなんですか」

先輩は口ごもった。僕はその反応を見て、そもそも変わり者の先輩は、愛称で呼び合う交友関係を持ったことがないのかもしれない、と思い直した。だとしたら悪いことを聞いてしまった。

「あまり面白くないよ。ペポほどには」

その返答から察するにニックネームをつけられたこと自体はあるようだ。相変わらず気が進まなそうではあるものの、「ペポ」を蒸し返した手前、悪いと思ったのか、先輩は話し始めた。

「小学生の頃は、下の名前から取って、カズと呼ばれてた」

「スポーティーですね」

「サッカークラブに入ってたからね。中学の頃もいくつかあったよ。『ゴセン』

とか」

「ゴセン？　なんでですか」

「ゴセンは五千円の略。よりによってこんな名前だったせいで、どうしても五千円札のイメージであだ名を付けられてたんだよ」

一瞬考えて分かった。先輩の名字は新渡戸なのだった。

「……ああ、肖像画の。今気付きました」

「そう。二重にちなんでて、上手いあだ名だよ。最終的には『マギー』とか呼ばれてたな」

「マギー？」

「ほら、新渡戸稲造《いなぞう》の顔が少し似てるだろう。あのマジシャンの……」

……なるほど。それで「マギー」か。

「そういうこと」

先輩は話を打ち切った。少しばつが悪そうな顔をしているように見える。あだ名として考えればそれほどおかしくはないけど、本人にとってみれば複雑な気分なんだろう。ペポとして、その気持ちはよく分かる。

「でも先輩も似合ってると思いますよ、マギー」

「適当なことを言うな」

いつの間にかもう新宿だ。座っていた人たちの多くが一斉に降り、入れ替わりで新たな乗客がどやどやと乗り込んできた。

アンゴルモア
の
回答

高根栄樹（たかね えいき）・23歳・大学院生

世の中には二種類の人間がいる。教える人間と信じる人間だ。

そう書いたのは作家のマーク・トウェインだが、俺もその意見には賛成だ。さらに付け加えるなら、教える人間は信じていないことを教え、信じる人間は教えられていないことを信じる。俺は昔、信じる側の人間だった。いや、最初は皆そうなのだろう。俺は特に純粋で、無垢だったから、言われたことはなんでも信じたし、言われてないことも勝手に信じた。テレビ映画の字幕には「字幕」と「字幕スーパー」があって、スーパーが付いているぶんより豪華な字幕が楽しめるのだと思っていた。総理大臣が住んでいる場所＝ホワイトハウスだと思っていた。インド人はターバンの中で蛇を飼っていると思っていた。ローマ字をマスターしたら世界中の人とコミュニケーションが取れると思っていた。志村けんはビートルズのメンバーだと思っていた。シナチクの原材料は割り箸だと思っていた。車のエアバッグはボンネットから飛び出して撥《は》ねられそうな人を助けるものだと思っていた。「脱サラ」を「脱獄」や「脱税」と同じような犯罪行為だと認識していたので「脱サラしてコンビニを始めました」と言うテレビの中のおじさんを見て「なんで捕まらないんだろう」と思っていた。指名手配中の犯人が「カーキ色のジャンパーを着て」と言っていたのを聞いて「怪奇色」と解釈し「さすが悪人だけあって恐ろしい服を着るな」と思っていた。日本以外の国はアメリカ国とハワイ国だけだと思っていた。『ごきげんよう』は生放送だと思っていた。一九九九年に人類が滅亡すると思っていた。

一九九九年、人類は滅びなかった。

俺は九歳で、ノストラダムスが「七の月」としか予言しなかったせいで一ヵ月まるまる漠然と怯えて過ごし、しかし何もなく、八月も何もなく、九月も何もなく、十月になって怒りが湧いてきた。今まで信じてきたものたちへ、ふつふつと煮え立つような怒りが押し寄せてきたのだ。ノストラダムスは嘘つきだ。それだけじゃなくて、そもそも世の中が嘘つきなんだ。当たり前のことにやっと気がついたのだった。

それから俺は物事をむやみに信じるのをやめた。サンタクロース宛てにプレゼントをリクエストする手紙を出すのもやめた。思い返せば、当時から怪しさを感じてはいたのだ。クリスマスの朝、枕元に置かれていたサンタクロースからの返信は日本語だったし、父親の筆跡に似ていた気がする。ラッピングされたプレゼントは髙島屋のテープで留められていた。それでも俺は「両親がサンタだというのなら、サンタなのだろう」と信じていた。

子供は矛盾を思い込みで補完する能力を持っている。ヒーローショーで戦うウルトラマンがテレビで見たときよりだいぶ小ぶりでも、彼が「本物」だと疑わなかったし、なぜ疑わなかったかといえば、お姉さんが「ウルトラマンの登場でーす」と高らかに言ったからだ。ノストラダムスが不発をかまして以来、俺は補完機能を失った。同時に、大人になった。

俺は、大学で東洋史を専攻している。史学は埃と嘘にまみれた学問だ。千年以上前の書物が真実を記しているのか否か、今となっては知る術はない。欠落だらけの資料を寄せ集め、一文字ずつ比較し、検討し、妥当と思われた推測が「史実」として確定される、それだけだ。以前、よく考えた。もしも千年前の人物が、遥か未来の人間を騙すために、まったくの出鱈目《でたらめ》を巧妙に書き記していたとしたら？　それは枕草子の引き写しの際に行われたかもしれない。リグ・ヴェーダの写本に、編纂者の妄言が紛れ込んでいるかもしれない。見破る方法はもはや無くなっている。経年劣化した記録が朽ちて嘘だけが残れば、もはやそれが真実なのだ。俺はやがて、それを面白いと思うようになっていた。

家から大学までは遠い。小田急線と中央線を乗り継いで一時間半ほどかかる。俺はいつも、その時間をある趣味に充てている。適当な席に腰掛けたら、すぐにスマホを取り出し、ブラウザのお気に入りから「質問箱」をタップする。すると、瞬時に大量の文字列が画面を埋め尽くす。新着の質問の群れだ。質問投稿サイト『教えて質問箱』は、ユーザーが気になること、知りたいことを投稿し、見つけた別のユーザーがそれに答えるウェブサービスだ。平均して一分間に二十件以上の質問が絶え間なく、滝のように流れていく。俺は画面をスクロールしながら質問を眺めた。

女性ってみんなイケメンが好きなのですか？
【大至急】この英文を日本語訳してください。
超ひも理論ってなんですか？
アイドルは本当に恋愛禁止なんですか？
結局女性って顔のいい男を選びますよね？
予算10万以内で買えるＰＣのおすすめを教えてください

エトセトラ、エトセトラ、エトセトラ。今日もここは代わり映えしない。大口を開けて巣にひしめくツバメのヒナのように、情報を口移ししてくれるのを待っている連中ばかりだ。

スクロールするうち、一つの質問が目についた。

「自動車がバックするときの〝オーライオーライ〟ってどういう意味ですか?」

……こんなこと、少しググればすぐに分かるだろうに。なぜわざわざ人に訊ねて知ろうとするのだろうな。よろしい、答えてやる。俺は「回答する」ボタンをタップした。

1999_angolmoisさんの回答
お答えします。よく「オーライ」のことを「All right」の省略形だと考えている方がいらっしゃいますが、それは全くの間違いです。なぜなら、明治以前からすでに存在した呼びかけだからです。江戸時代には、大名が外出する際に大勢の部下を連れて行列を作っていました。いわゆる大名行列です。そのとき、大名がここを通るぞ、と知らせるため、旗本と呼ばれる部下が先頭に立ち「往来、往来」と叫びました。民衆はそれを聞いて道をあけたわけです。明治維新以降、幕府が解体されてからも、その慣習は残りました。周囲の人間に通行車の存在を知らせるため「往来、往来」と叫ぶ文化だけが残ったのです。それが英語で「大丈夫」をあらわす「All right」と偶然似ていたため、いつしか現在の誤解が生まれたものと考えられます。起源自体は「往来、往来」です。

[この回答をベストアンサーに選びますか?]

以上は何から何まで嘘である。三分で考えた出任せだ。しかし、信じる奴は信じる。

俺の通学中の日課は、こうやってネットに嘘を書き込むことだ。あたかも本当のような顔をして、ただの思いつきを世界に発信する。そうして、インターネットの広大な海がまた少し濁る。

さらに画面を下にスクロールしていくと、こんな質問があった。

「どうして、コンロで焼いた魚よりも炭火で焼いた魚のほうが美味しいのですか?」

俺は少し考え、次のように答えた。

1999_angolmois さんの回答

お答えします。まず最初に言っておかないといけないのは、炭火焼き=健康的という考えは間違いだということです。確かに数十年前までなら、炭火焼きは健康的と言えたかもしれません。

しかし、昔と今では状況が違います。

なぜなら、炭の原料となる木（マングローブなど）には、成長を促進するための大量の化学肥料が使われているからです。この物質は木の内部にずっととどまり、炭になっても残ります。それを燻して出た煙には、当然ながら気化した化学物質が含まれています。つまり、炭火焼きで作った食材は、炭に含まれていた化学肥料にまみれていることになります。あなたはそれを美味しい美味しいと食べているのです。

しかしながらメディアは、炭火＝安全、健康的、自然派といった安直なイメージを利用し、私たちを洗脳しています。あなたが炭火焼きの魚を食べてコンロで焼くより美味しいと感じたならば、見事にイメージ戦略に踊らされてしまっていると言えるでしょう。また、炭火以外にも、今出回っている食べ物は薬品漬けのものばかりです。化学物質の味に慣らされてしまっているせいで、より薬物の程度が強い炭火焼きを「美味しい」と感じたのかもしれません。いずれにせよ、良いこととは思えません。今後は魚を焼くときはコンロを使うことをお勧めします。

［この回答をベストアンサーに選びますか？］

嘘に決まってるだろ、馬鹿が！

と、内心では思っているのだが、「嘘を暴くと称する嘘」に騙される人間は、本当に多い。ここの連中は考えない。何も考えていない。口を開けて待っていれば、誰かが美味しい餌、栄養のある餌を放り込んでくれると思っている。俺はそこに、石を投げ入れてやるのだ。

マイページから、俺の回答履歴を見る。四百三十八件。全てが嘘だ。そのうち「ベストアンサー」に選ばれているのが百八十三件ある。

「『関の山』は江戸時代に実在した力士です。彼は恐るべきパワーではかの力士を圧倒する実力を持っていたのですが、ずっと関脇どまりでした。ただ、ここ一番という取り組みのときに限ってひどい下痢に襲われるなど、運に恵まれていませんでした。そんな彼の振るわぬ実績が、『精一杯やってできるせいぜいの限度』という意味で使われるようになったのです」

これはまだいいほうだろう。だが、

「あまり知られていませんが、ヤマザキに白い皿を送ると食パンがもらえます」

なんてものまでベストアンサーになってしまうのだから笑える。

もしかするとこの快感は、ノストラダムスが味わっていたものかもしれない。

いつの間にか、俺が乗っている中央線は下車駅に迫っていた。こうしていると一時間半があっという間だ。腰を上げ、ドア付近に立つ。連結部が大きくきしむ音がした。

「世の中には二種類の人間がいる。教える人間と信じる人間だ」という言葉を再び思い出す。やはり名言だ。俺がさっき考えたにしては、上出来だと思わないか？

新宿―中野

歌舞伎町の街並みが遠ざかって見えなくなったあたりで、先輩が僕に尋ねた。

「そういえば、都築くんはどうして自然科学部に入ったの？」

僕はちょっと考えて答えた。

「いや、普通に生き物とか、好きなんで」

新渡戸先輩は首筋を掻きながら言った。

「面白くないなあ。全然、面白くない」

「動機に面白いも面白くないも無いじゃないですか」

「忠告しておくけどね」

先輩は薄ら笑いを浮かべる。

「そんな画一的な受け答えばかりしているとろくなことにならないよ。そのうちバイトの面接で『空《あ》いた時間を有効に使い、自分の能力を活かせると思って』と答え、就職活動では『御社のクリエイティブな社風に惹かれ』と答え、コンビニ強盗をしたら『遊ぶ金欲しさ』と答え、殺人を犯して『むしゃくしゃしていた。誰でもよかった』とか答えることになるんだよ。気をつけたほうがいい」

さりげなく前科二犯にされた。どうしてここまで言われなきゃいけないんだ。

「じゃあ、なんで先輩は入部したんですか。野球部やめてまで」

「……なんとなく？」

人の受け答えをボロクソに批判しておいて、これだ。

「全然理由になってないじゃないですか」

「だから、なんとなく的なアレだよ。逆に言うと『的なアレなんとなく』だよ。あ、今のは『ラフォーレ原宿』みたいなのを意識した言い方なんだけれど」

「意味が全然分からないですよ」

先輩は少しムキになっているように見える。

「そうだよ。理由になってないよ。でも、本当はものごとに理由らしい理由があることのほうが少ないはずだよ。都築くんの動機がつまらないのは、人に迎合してそれらしい理由をこじつけようとしているからだ。本当は都築くんもなんとなくのくせに、だ」

「いや、僕は実際に生き物が好きなんですよ」

僕は弁解したが、先輩は聞く耳を持たない。

「動機なんかなんでもいいんだよ。バイトの面接で『遊ぶ金欲しさ』と答え、就職活動では『むしゃくしゃしていた。どこでもよかった』と答え、コンビニ強盗をしたら『御社のクリエイティブな社風に惹かれ』と答え、殺人を犯して『空いた時間を有効に使い、自分の能力を活かせると思って』と答えたっていいんだ。課題図書で読まなかった？　太陽がまぶしくて人を殺したっていう話」

「えっ、いや、たぶん読んでないです」

学年が違うとこういうときに話が合わない。

「自分はね、ミステリー小説なんかでも、動機を探るタイプの話にあまり興味が持てないんだ。ああいうのって要は、こういう境遇で、こういう心の状態になれば人は人を殺しても不思議じゃない、納得がいくって言ってるわけでしょ。本当にそうだと思う？　それがしっくりこないから、自分は清張よりも乱歩派なんだよ」

　僕はセイチョウとランポがなんなのかよく分からなかったが、聞き返すと長くなりそうだったので、小さくそうですかとだけ答えた。先輩は黙り、しばらく遠い目で車窓の向こうを眺め、こっちを向いて言った。

「ところで『むしゃくしゃ』ってヤギが紙食べてる擬音みたいだよね」

この人、何考えてるんだろう。

休憩室

隅田伸二（すみだ しんじ）・27歳・ＪＲ勤務

「いやあ、大変だったねえ」

城島《じょうしま》遼《りょう》太《た》郎《ろう》は入ってくるなり、むやみに大きな声で言った。ひっそりとしていた休憩室につかの間、外の喧騒が流れ込んできたが、ドアが閉まると静かな空間に戻った。中にいたのは隅田伸二だけだった。

「あ、お疲れ様です」

「うん。お疲れ」

歩くと城島のでっぷりと突き出た腹が揺れる。「貫禄」と言えば聞こえはいいが、背が低く手足が短いため、庭に置いてある陶器製の小人のようだ。

「やっと昼飯にありつけるよ。隅田くんは？」

「私もまだですけど……」

食欲がないので、と言う間もなく、城島は休憩室を飛び出した。炊事室に食料を取りに行ったのだろう。まったく、人の話を聞かない親父だ。出損ねた言葉を喉の奥に引っ込めて隅田は思った。

城島遼太郎はJRの助役である。助役とは、駅長に代わって実質的な駅の運営を行う管理職だ。今年で勤続二十八年の城島が助役を担うのは自然の成り行きだったが、彼は上司というにはあまりに威厳がなかった。いつもへらへらしていて、せわしなく、年相応の落ち着きがない。隅田の目には、ちょこまかと構内を走り回る城島が使い走りのように映った。三十年近く働き続けたその末路が、この「ホビット族」みたいな男なのか。城島を見るたびに隅田は失望した。勤続五年目にして、先のないレールを走っているような気分になるのだ。

今日の隅田は特に落ち込んでいた。原因は城島ではなかった。

「カレーがあったよ！」

ドアが開き、城島が嬉しそうな顔をして戻ってきた。両手に鍋を抱えている。

「いつのですか、それ」

「さあ。でもさすがに一週間前ってことはないだろう」

炊事係が作りおきしていた夜食の残りらしい。城島は手際よく皿を並べ、レンジで温めたご飯を盛りつけ始めた。ぷん、と香辛料の匂いが漂ってくる。隅田はたまらず言った。

「あの、私は、いいですから」

城島はカレーをよそう手を止めず、意外そうな顔で訊く。

「えっ、なんで」

そして、米にルーをたっぷりかけた皿を隅田の前に置いた。

「カレーだぞ？」

カレーだったらなんだというのだ、と隅田は思った。カレーが出てくれば誰でも喜んで食べると思っているのか。それがたとえ、人身事故の処理をした直後であっても、だろうか。

「とてもじゃないですけど、今は食べる気分になれないですよ」

やっと察したらしく、城島はスプーンで隅田を指して言った。

「そうか、隅田くんは人身は初めてだったな」

「……はい。話は聞いてましたけど」

「そりゃあ、運が悪かったな。当たらない奴は定年まで当たらないって言うぜ。そんで、当たる奴は」

城島はニヤッと笑った。

「何度も何度も当たる」

怪訝《けげん》な顔で隅田は尋ねた。

「……城島さんはこれで何度目なんですか」

「あと一回で、十回記念」

多い。これは城島の同期と比べてもかなり運が悪いほうだろう。事故処理の異様な手際の良さを思い出し、隅田は心中で納得した。

城島はカレーを口に運んだ。

「うん、うまい。おい、こりゃ食わんと損だぞ」

隅田もスプーンを手に取り、カレーに目を落とした。ルーの表面に浮かんだ油がてらてらと輝いている。線路に敷き詰められたバラストの石を濡らす、人体の脂を思い起こした。初めて見た事故現場は、人づてに聞いて想像していたような血みどろの世界ではなかった。血液は石の隙間に染み込んで広がらない。線路の周辺にどこのともつかない肉片が散らばっているだけだった。車体の前面が少しへこんでいた。黒いビニール袋を片手に肉片をテキパキと拾い集める城島を見て、隅田はサンタクロースの悪質なパロディのようだと思った。

香辛料の匂いに混じる動物性の臭気が鼻をつき、吐き気がこみ上げてくる。隅田は思わず

顔をしかめて口を押さえた。

「うっ」

「おいおい、大丈夫か。おがくずなら向こうの棚だからな。自分で片付けろ」

この男は食事中に目の前で吐かれても平気なのだろうか。隅田は唾を飲んで吐き気を抑え込んだ。

「まあ、無理に食うこともないだろ」

と言って、福神漬をつまむ城島。ポリポリとした小気味の良い音が隅田には腹立たしい。城島はお構いなしに喋り続ける。

「しかしまあ、どうして忙しいときに限って飛び込んでくれるかね。片付ける俺らのことなんか考えちゃいないんだろうな。もうあれだな。飛び込み用の路線を作ればいいんだな」

城島は一部の良識的な同僚に煙たがられていた。時折飛ばす不謹慎なジョークもその一因だ。「一部の良識的な同僚」には、隅田も含まれている。

「そうすればダイヤ通りに人身事故を起こせるしな。辞世専用車両なんていってな。キャッチコピーは『そうだ、浄土逝こう』あはははは」

隅田は休憩室の小窓が開いていないか横目で確かめた。もし声が外に漏れて客に聞こえたら、クレームだけでは済まないだろう。さらに隅田は、車掌のモノマネを始めた。

「四十二番線、快速あの世ゆきが参ります。白線の外側までお上がりください」

隅田は愕然とした。一体どこまで無神経なのだ。これが、さっきまで人の肉片を拾ってい
た人間の言えることなのか。同時に、城島への怒りがこみ上げてくる。隅田はスプーンを置
き、言った。

「あの、一応人が死んでるわけですよね」

城島の軽妙なお喋りが止まった。

「何も思わないんですか、そういうの」

しばらく沈黙が続いた。隅田の顔を見つめ、城島は、んー、と唸《うな》った。

「昔は思ったかもしれないけどね。でも、ただの掃除と思わないとやってけねえんだよな
あ」

城島はまた食べかけのカレーを口に運び、噛み締めながら言った。

「仏さんに手合わせてる暇なんかないんだしさ」

確かにそのとおりではあった。駅員には感傷に浸っている時間は一秒もない。事故の目撃
証明や、警笛が鳴っていたかの確認を十数分で行わなくてはならない。処理が遅れればそれ

だけダイヤに響く。そのうえ、駆けつけた警察が現場保存を要求した場合、遺体を容易に動かせなくなり、運行予定は大打撃を受ける。だから、駅員はいち早く遺体を片付けて線路脇に移動させる。

「飛んじゃう奴は飛んじゃうしね、俺らがどうしたって」

なぜか、隅田はその言い方に哀惜の情のようなものを感じた。

「それより気の毒なのは運転士だよな」

カレーを飲み下した城島の口調には軽薄さが戻っていた。

「トラウマものだぜ、あれは。そのうえ過失まで問われたらたまったもんじゃねえよな。昔は俺も乗務員目指してたことあったけど、今思えば試験落ちて良かったよ、うん」

隅田は訊ねた。

「城島さんはこの仕事を選ぶとき、そういう覚悟ってできてましたか」

「そういう?」

「つまり、死体を見たり、片付けたり……あるいは……」

「撥《は》ねたり」

隅田は黙って頷いた。

「ないない。あるわけないだろ、そんなもん」

城島は笑いながら手を振った。

「俺はこの職場、イニシャルの語呂合わせで選んだんだぞ」

「イニシャル?」

城島は宙に指で文字を書いた。

「城島遼太郎。J・R。な?」

隅田はあきれた。

「そんな、いい加減な……」

「逆に聞くけどさ、隅田くんはなんでうちに来ようと思ったわけ?」

隅田は、少し黙ってうつむいてから、口を開いた。

「……マジックハンドが」

今度は城島が聞き返す。

「マジックハンド?」

「あの、お客様が線路内に手荷物を落としたとき、柱に備え付けてあるマジックハンドで拾うことがありますよね。……あれを一度使ってみたくて」

城島はしばらくきょとんとした顔で隅田の顔を見つめていたが、こらえきれず吹き出した。出っ張った腹を震わせながら大笑いしている。

「え、マジックハンド？　あ、そう。へえ。マジックハンドか。くくく。おい、どっちがいい加減だよ」

テーブルを叩きながら笑う城島を見て、隅田はきまりが悪い思いをした。

「……子供の頃の話ですよ」

「面接でもそれ言ったのか？」

「言いませんよ」

「良いねえ、その動機。俺は好きだよ。うん」

「でも、今になってみると、やっぱり生半可な気持ちで入っちゃったなって思うんです」

「どうして？」

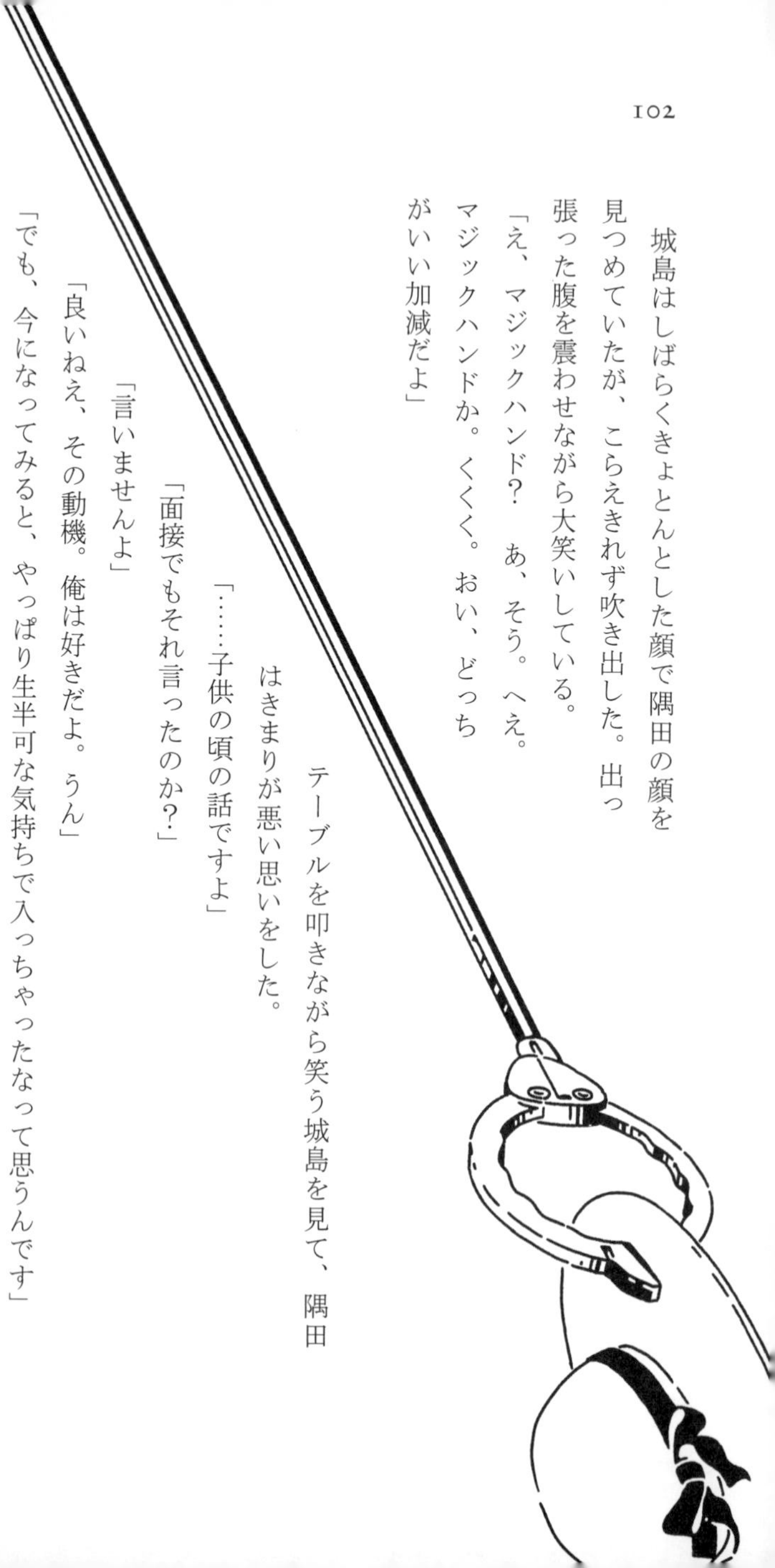

いつの間にか城島はカレーライスを八割がた食べ終えていた。隅田はスプーンの背でカレーの表面を撫でながら、訥々《とつとつ》と話した。

「私は電車を扱う仕事に就いていていながら、電車を便利な乗り物としか考えてなかったんだと思います。でも今日、本物の遺体と、車体前面のへこみを見て、初めて怖いと思ったんです。人が死んでることがじゃないです。電車が人を殺せるということを怖く感じたんです。簡単に人をバラバラにできるものを動かしてるってこと、忘れてたんだと」

「じゃあ、どうしてそんな殺人マシンが乗り入れるうちの駅に、一日五万人もやってくると思う？」

「それは……」

隅田は返答に詰まった。

「俺らが信頼されてるからだろ」

城島はこともなげに言った。

「君の決意とか覚悟とかはどうでもいいのよ。とにかく俺たちは五万人に信じられちゃってるの。絶対安全に運んでくれるってさ。だから応えなきゃいけないでしょ。ホームから飛んじゃった人だってそうだよ。この電車なら絶対殺してくれるって思ったんじゃないの。なんにせよ信用されてるわけ。いい迷惑だけど。だからたっぷり寝て、たっぷり食っとくのが俺らの義務」

そう言って、城島は皿に残ったわずかなカレーをかき込んだ。

「ふう。じゃ俺、事故報告書やっつけに行くよ。お疲れ」

城島は立ち上がると、鞄に手を掛けた。

「あの」

休憩室を出て行こうとする城島を、隅田が呼び止めた。

「ん?」

「さっき、ここを選んだ理由、イニシャルがＪＲだからって言ってましたけど、あれ、本当は違いますよね」

「どうして」

「城島さんが入社した頃はまだ、ＪＲじゃなくて国鉄だったはずだからです。ここに入った理由ってなんなんですか」

城島は、後頭部を掻きながらニヤッと笑った。

「教えてやんない」

バタンと音を立ててドアが閉まった。

隅田は、すっかりぬるくなったカレーライスを掬《すく》い、口に放り込んだ。スパイスで少し舌が痺れた。

中野──荻窪

「そういえば。ご飯か何か持ってきた?」

新渡戸先輩は中吊り広告のほうに顔を向けたまま言った。今朝までどこで何をするかも知らなかったのだから、準備しているはずがなかった。

「持ってきてないです」

「自分も」

「降りたらどっかで買いますか」

「そうだね。あ、フリスク食べる?」

そういう気遣いをする人だったのか、と僕は内心で驚いた。先輩はリュックをゴソゴソと探り、平べったいケースを取り出した。でもそれはフリスクではなかった。

「それミンティアですよ」

僕に言われた先輩はパッケージをしげしげと眺めて言った。

「こういうのはみんなフリスクじゃないの？」

この人、細かいことは気にするくせに、絆創膏はみんなバンドエイドだと思っているようなタイプなのか。

「違いますよ、メーカーが」

「まあ、スースーするならなんでもいいや」

先輩は僕の手を開き、断りもなくケースを振った。白い粒が一気に五つ、手のひらに落ちた。多い。かといって戻すわけにもいかないので、一気にほおばった。舌を刺すような痛みが広がり鼻から強烈なミントの香りが抜ける。やっぱり多すぎる。

悶える僕を尻目に、先輩は自らの手のひらに二つの粒を振り出し、指でつまんで口に運んだ。自分だけはちゃっかり適量を出しているあたり、先輩は先輩だ。そしてすぐにポリポリと嚙み砕き始めた。僕は口の中の粒をもごもご移動させせながら、

「もう嚙んじゃうんですね」

と言った。すると先輩は口を押さえて
「しまった」

と呟いた。顔には軽い落胆の色が浮かんでいる。本当は噛むつもりじゃなかったようだ。

「飴とか、フリスクとか、いつも気付いたら噛んでるんだ。今回こそは最後まで舐めようと思ってたのになあ。また自動操縦モードになってた」

「自動操縦?」

「うん。身体が意思を離れて動き続けることをそう呼んでる。朝、家を出る。気付いたら教室の席についている。その間の記憶は全然ない。そういう経験ってないかな。数分後に心だけワープしたみたいな感じだ。そう、重大なミスは大抵この自動操縦モードのときに起こるんだ。だからなるべく注意してたんだけれど」

「それって上の空ってことですよね」

「まあ、そうとも言えるかな」

既存の言葉で言い替えられたことが先輩には少し不服みたいだった。でもまあ、言わんとしていることは分かる。

「コアラのマーチを食べるとき、最初はコアラの絵柄を一つずつ確認しながら食べているんだけど、いつの間にかただ口に運ぶだけになってる、みたいなことですよね」

先輩は僕の実例を聞いて笑った。

「喩えが可愛いな」

「いや、親が買ってくるんです」

反射的によく分からない弁解をしてしまった。恥ずかしい。

「でも、そういうことだよ。実際のところ、一日のうち七割くらいが自動操縦モードの人もかなりいるんじゃないかな。起きてるようでいて、実質寝たままの人。年を取ると一日が早く過ぎるというけど、それは生活のほとんどを身体の自動操縦に任せるようになるからだよ」

「はあ」

新渡戸先輩は即座に僕を指さして言った。

「その相槌、自動操縦じゃない？」

僕は言葉に詰まった。

「……違いますよ。ちゃんと考えてますすよ」

「ふうん。それならいいけど」

口の中の粒はいつのまにか溶けてほとんどなくなっていた。もしかして無意識に嚙んでいただろうか。スースーとした感覚はまだ口内に残っている。

「快速は速いねえ」

先輩がひとりごとのように言った。ちょうど阿佐ケ谷駅のホームを通過したところだった。気付かないうちにいろんなことが過ぎ去っている。

八年目の異邦人

ベンジャミン・トルドー・37歳・芳香剤メーカー勤務

センサー付きの蛇口を使うときに必ず行う癖に気付いたのは、私がまだモントリオールの大学生だった頃だ。

こんな癖だ。洗面台の前に立ったら、鏡の前で両手を合わせる。そして、腕を前に差し出し、蛇口の真下にセットする。センサーが反応して水が流れるまでのわずかな猶予を使い、ぴたりと閉じた手のひらの、親指がある側を少し開く。すると、両手は財布の口のような形になる。その隙間に水が流れ込んできたら、ゆっくりと手を開き、受け皿を作る。

この習慣がいつから身についていたのかは思い出せないが、この動作に至った理由はなんとなく想像がつく。おそらく私は、水平に並んだ手のひらが水を受け止めたときに生じるしぶきが服を濡らすことを嫌ったのだ。

「お前はなぜ顔を洗うとき、仏に祈りを捧げるんだい」と、隣り合った目ざとい同級生に指摘されなければ、私はこの奇妙な動作を自覚することさえなかっただろう。それ以来、センサー付き蛇口を使って顔を洗うたびに、仏前で手を合わせる日本人の僧侶のイメージが頭をよぎるようになった。

あれから十四年が経過した。私は今、東京駅構内のトイレにある洗面台の前で顔を洗っている。例の手を合わせる儀式は、先ほど済ませた。

あらかじめ脇に置いておいたハンカチで顔の隅々まで丁寧に拭き取って目を開けると、鏡には見慣れた「ガイジンさん」が映っている。近寄って、ディテールをよく確認する。ヒゲのそり残しや昼食のかけらは見当たらない。私はハンカチの濡れた面が内側に来るように折りたたみ、ポケットにしまいながらトイレを後にした。

出口付近で部下の下柳《しもやなぎ》亜里沙《ありさ》が私を待っていた。私に気付いた下柳は小さくお辞儀のような、前に揺れるようなしぐさをした。

「お待たせしました。それでは、行きましょうか」

「あ、はいっ」

彼女は入社一ヵ月目の新人にしては能動的だ。大抵、新しい環境で人は猫を被るものだが、彼女ははじめから物怖《ものお》じせず、奔放だった。まるで野良猫のように。

「営業課長のベンジャミン・トルドーです。よろしく」

最初に挨拶をしたとき、下柳は何やら驚いたような顔をして私を見つめていた。青い目の外国人に流暢な日本語で話しかけられるとは思わなかったのだろう。日本に移住し、芳香剤メーカーに勤めるようになって今年で八年になるが、こういった反応には慣れている。多くの日本人は、ここで喉まで出かかった「Nice to meet you.」を飲み込んで、ぎこちなく「あっ、よろしくお願いします」と言う。だが、下柳の返答は私の経験に基づく予想を裏切った。

「えーっと、その金髪って染めてるんですか?」

そんな下柳を連れて東京駅の長い通路を歩きながら、私は腕時計を確認した。これから広告会社との打ち合わせが控えている。現場を見て少しずつ慣れさせようという方針のもと、新人の下柳もついてきているわけだ。

電車の到着予定時刻まではまだ余裕がある。日本へ来たばかりの頃は、予定された時刻どおりに交通機関が動くことに驚いたものだ。カナダでは、三十分遅れている時計を頼りにした列車がさらに三十分遅れて到着する、そんな状況だったのだから。ちなみに、このたぐいの話を聞くとある種の日本人がとても喜ぶことを、私は知っている。

たとえば、隣にいる下柳もその一人だ。先週、昼休みに下柳が私のデスクに来て「あのう、訊きたいことがあるんですけど」と切り出した。

「課長が日本に来て一番驚いたことってなんですか?」

これなら「書類を留めるステープラーは右上に打つのか? 左上に打つのか? それとも真ん中?」と訊かれたほうがまだマシな気分だった。日本にいるとこの手の質問を飽きるほど投げかけられる。

代表的な質問を挙げると次のようなものだ。
・日本のアニメは観ますか?　(観ない。興味もあまりない)
・ニンジャがいると思っていた?　(私は三十七歳だぞ)
・日本は好きですか?　(嫌いと言えると思っているのか?)
・日本人のここが変!　というところってどこ?　(そんな質問ばかりするところ)
とにかく日本人は、日本人が「ガイジンさん」にどう思われているかを常に気にしている。気にしているばかりでなく、その「答え」を誰よりもよく知っているくせに訊くのだ。日本人は礼儀正しくて、一見温厚だけど本音と建前を使い分けていて、時間に几帳面で、マンガとアニメが有名で、島国根性の塊で、腐った豆を喜んで食べる、変な国ですよね？　と、確かめたくてたまらないのだ。

お答えしよう。まったくそのとおり。ここは変な国デスネ。

パタパタとひな鳥のように後ろをついてくる下柳の気配を感じながら、私は左の胸ポケットに手を入れた。しかし、いつも常備しているキシリトールガムの感触がない。ちょうど切らしていたらしい。取引の前に嚙むガムは口臭を抑えるだけでない。精神を引き締める儀式のような役割も引き受けている。リズムを崩された苛立ちを隠して、私は下柳に言った。

「売店に寄ります。いいですか？」

「あ、はい。私もちょうど買いたいものあったんで」

駅内のコンビニエンス・ストアで、私はミント味の板ガムと四百円の釣りを受け取った。ふと横のレジを見ると、『ＮＡＲＵＴＯ』の単行本をレジ袋に詰めてもらっている下柳の姿が目に入った。

……このタイミングでコミック本を買うだろうか。私の怪訝な視線に気付いたらしい下柳は、ごまかすようにニコッと笑って言った。

「大丈夫です。帰ってから読みます」

何が大丈夫なのだろうか。

加速をはじめた中央線の車内でガムを噛みながら、私は隣に立っているシモヤナギという女性の扱いについて思案していた。実のところ、私は彼女をやや警戒している。以前、彼女が同期の女性と交わしていた会話の断片が耳に入ってきたことがあるからだ。

「……トルドー課長ってさ、なんかかわいくない？」

カワイイ？　この私が？

それがただの悪口であれば聞かなかったことにして受け流し、数秒後には夕食の献立について思いを巡らせていただろう。しかし、不意に飛んできた「カワイイ」という言葉は、いきなり物陰から頬を撫でられるようなむず痒《がゆ》さを残す。これならパンチが飛んできたほうがマシだ。長いあいだ日本で暮らしているが、私には「カワイイ」がよく分からない。私はショーケースの中のコーギー犬ではない、三十七歳の中年男だ。私のどこがカワイイと言うのだ。

この機に、本人に尋ねてみるべきかもしれない。あれが聞き違いだったこともあり得るのだから。私はガムを飲み込み、できるだけ雑談めいた口ぶりを装って下柳に話しかけた。

「つかぬことをおたずねしていいですか」

説明用の資料をぼんやり眺めていた彼女は、不意をつかれた間抜け顔を私に向ける。

「えっ、はい」

「その……少し気がかりなことが、あるんです。盗み聞きしたわけではなかったのですが、下柳さん、以前あなた私のことを、カワイイと、そう言っていませんでしたか」

下柳は驚いて、口元を手のひらで押さえた。

「あっ、やだあ、ごめんなさい。聞かれちゃってました?」

聞き違いではなかったらしい。

「カワイイとは、どういう意味ですか」

「いやあの、全然悪い意味じゃないんですよ。課長、すごい日本語お上手じゃないですか。日本人も遣わないような言葉とかよく遣うし」

「たとえば?」

「えっと、『お見知り置きを』とか『気散《きさん》じにどうぞ』とか『本日は骨を折って……』

『本日は骨折り賜りましてありがとうございます』」

「それです。ついさっきも『つかぬことを』なんて言ってましたよね。今どき日本人も遣い

ませんよ、そんな言葉」

下柳はそう言って笑ったが、私も内心、なるほど、そういうわけかとほくそ笑んだ。私が古めかしい日本語を遣うのには、それなりの理由があったのだ。猛省しております・僭越ながら・お汲み取りください・若輩者ですが・おかまいもできませんで・その節はどうも・やぶさかではございません……このような言い回しを金髪の外国人が遣うと、先方の受けがいいのである。

どうやら日本人は「日本通の外国人」に心を許す性質があるらしいと気付いたのは、日本に来て二年目辺りのことだ。これをビジネスに役立てない手はないと、堅い言葉をあれこれ勉強して遣っているうちに、語彙が体に染み付いていた。そのギャップが若い下柳の目には「カワイイ」と映ったのだろう。ならば、何も気に病むことはない。

「つまり、私がカナダ人なのに古めかしい日本語を遣うからカワイイと、そういうことですね」

下柳は何かを吟味するような表情をして言った。

「うーん……なんか、ちょっと違うかもしれない」

違う？　日本語が得意なガイジンが微笑ましいからカワイイのではないのか？

「どっちかっていうと、そうやって頑張っちゃってる感じがかわいいな、みたいな感じかもしれないです。ほら、日本人は生まれたときから日本人だから、わざわざ意識して日本人っぽくなろうと努力してる人がかわいく映るのかも。なんか課長って周りに合わせようってすごい頑張ってる感じがして……あ、悪い意味じゃないですよ！　それが良い意味ですごいし、かわいいんです」

おそらく彼女は「良い意味で」を万能の免罪符だと思っているのだろう。いや、それよりも意外だったのは、私の思惑をごく自然に見透かしていたかのような言動だ。彼女にそんなつもりはなく、本当に「良い意味」で言ったのだろうが、私は座っている椅子を引かれたような心持ちになった。

「……そんなふうに見えますか」

「見えますよ！　でも、もう課長って日本に染まりきっちゃってるから、今さら日本人に近づこうとする必要なんかないんじゃないかなーって思いますけどね」

「染まりきっているつもりはありませんが……」

「染まってる人は染まってることに気付けないんですよ。えーと、たとえばさっき売店に寄ったとき、課長は百二十円のガムを買うために五百二十円出して、四百円のお釣り貰ってたじゃないですか」

「ええ」

「それって日本に来てからついた習慣ですよね？」

「……そうですね」

確かに、そうだ。カナダにいた頃は、受け取った大量の小銭をポケットにじゃらじゃらと入れて歩いていた。キリの良い額のお釣りを渡される快感を覚えたのは、来日してからだ。自分では意識したこともなかった。

「その払い方、いかにも日本ぽいなーって感じですよ。私もよくやりますし。あ、あと、改札の通り方。改札の一〇メートル手前くらいから定期券を捜しはじめて、ちょうど定期券を取り出したタイミングで改札が目の前に来る間合い。完璧でしたよね。日本の会社員って改札近くで絶対立ち止まらないから、自然とああいう技を身につけるんですよ。誰かに教わったんですか？」

「……いや、まさか」

それも今初めて気がついた。確かに言われたとおりの動作を無意識に毎日行っている。だが、私はいつの間にそんな不可思議な動きをマスターしていたのだろう。

「あ！　そうそう、極めつけのがありました！」

下柳は軽く合わせた両手で小さな音を鳴らして言った。まだ何かあるというのか。なんだか、過去の罪を暴かれているかのようだ。

「課長はよく社食の日替わり定食を召し上がってますよね。納豆と味噌汁が必ず付いてくるやつ」

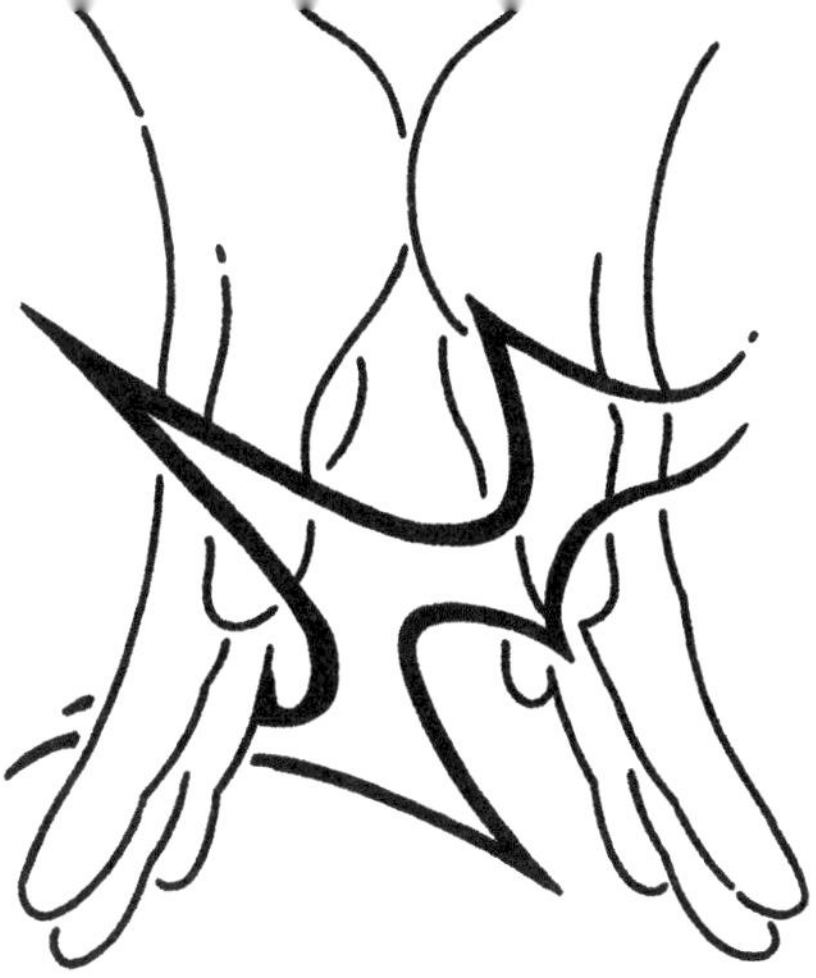

妙なところばかりよく見ている奴だ。

「まさか、納豆と味噌汁が好きなくらいで私が『染まっている』と？」

食文化の受け入れは私が日本で暮らすために最初にした努力の一つだ。

「そこじゃないんです。課長は、味噌汁のスープと具をひと口分くらい残しておいて、それを飲み干してからお茶碗のご飯を食べて昼食を終えてるんですよ、いつも。自分では気付いてないのかもしれないですけど」

「いつも？」

全く身に覚えがない。毎日の昼食はすっかりルーチンに組み込まれていて、省みることなんてなかったからだ。しかし本当だったとして、それがなんだというんだ？

「で、なんでそんな順番で食べてるのかって言えば、たぶん食器洗いを楽にするためなんですよ。納豆をかけて食べたご飯の茶碗って、ネバネバした納豆糸と潰れたご飯粒がこびりついてるじゃないですか。だから、いったん味噌汁に箸を浸す工程を入れると、水分でねばねばを取りやすくなって茶碗が綺麗になるんです。これって日本人でもあんまりやらないけど、日本人しかやれないことですよ」

稲妻に貫かれたような思いだった。

はっきりと意識したことは一度もなかったが、確かに私は茶碗に残る納豆と米粒の汚れを嫌悪していた。きっとその感情は数年の間に深層心理に訴え続け、やがて私を味噌汁による洗浄行為に走らせたのだ、それも完全な無意識のうちに！　思えば洗面台の前で手を合わせる儀式も、飛び散る水しぶきを嫌う私の無意識が完成させたものだ。私は知らず知らずのうちに、環境が生み出す習慣に染まっていたのだ。私は吊り革を強く握りしめ、この動揺を悟られないように努めてほほえみながら彼女を讃えた。

「なるほど、素晴らしい」

「だから、ええと。してるのかは知りませんけど、別に無理とかする必要もないんじゃないかなあと思います。おせっかいだったらほんと、すいません」

下柳は少し申し訳なさそうに頭を下げた。私はその言葉をありがたく受け取ることにした。少し沈黙が続き、車両がカーブに差し掛かる。

「……それにしても、あなたは本当に細かいところに気がつくのですね」

すると、下柳は真剣な顔でこう言った。

「実はですね。私、クノイチなんです」

私がそれを信じてみてもいいかもしれないと少しだけ思ったとき、列車は目的の駅に停車しようとしていた。腕時計は見ていないが、予定していた時刻ぴったりだったに違いない。

荻窪―三鷹

休日の中央線快速は荻窪を発った。吉祥寺に停まったら、そこからは各駅になる。

「電車でフリスクは『あり』だね？」

新渡戸先輩が言った。勝手に頭の中で組み立てた話題をいきなりパスしてくるのはやめてほしい。

「だから、先輩が持ってるのはミンティアです」

とりあえず訂正してから、僕は仕切りなおした。

「それで、何が『あり』なんですか」

「電車内での飲食の話だよ。フリ……ミンティアは『あり』だよね？」

ああ、車内で食べても許されるものかどうかってことか。

「僕もありだと思いますよ」

「メントスも」

「ありでしょう」

「ポテトチップは」

「それは無しです」

たぶん、油ものはダメだ。それを聞いて先輩は、そうなのか、という顔をした。

「じゃあ、おにぎりは？」

僕は返答に詰まった。

「おにぎりは……難しいですね」

「難しいって？　具によって違うとかそういうことかな。鮭なら無しだけど、高菜ならありとか」

「そうじゃなくて。人によってあり派と無し派で分かれるから」

「都築くんはどっち？」

「僕は電車内では食べないですけど、食べてる人を見かけても別に何も思いません。満員電車ならちょっとダメだと思いますけど」

「パンも？」

「パンも同じです」

「チーズフォンデュ」

「絶対ダメです」

「飲み物は？」

「お酒じゃなければ、まあ」

「ふうん」

先輩はミンティアのケースを指先で弄びながら言った。

「そういうのは、どこで習うものなの？」

まるで僕が「車内飲食講座」みたいなものを受けているかのような口ぶりだった。

「なんとなく、じゃないですか？　普通に生きてたら分かるようになってくるというか」

「大事なことほどちゃんと教えてもらえないねえ」

そして新渡戸先輩は「う～ん」と唸《うな》って、両目をぱっと見開いて言った。

「分からない。でも、分かった」

どっちなのか。

「つまりこういうことなんだよ。電車内では、楽しそうなものを食べてはいけないんだ」

いったいどういう解釈をしたらそうなるんだろう。

「フリスクなんかがありなのは、見た目が薬の錠剤っぽいからなんだよ。逆に、チーズフォンデュが無しなのは、それがいかにも楽しそうだからなんだ」

いや、チーズくさいからなんじゃないか。

「飲み物も、お茶が大丈夫で酒がダメなのは、嗜好性の高さの違いだよ。だから酒じゃなくても、スターバックスコーヒーのカップに突き立てた緑のストローで甘いクリームをすすっているようなのは疎まれるんだ。逆に、ボックス席で食べる駅弁なんかが許されているのは、列車自体が行楽目的で走っているからだ」

たぶん本気で言ってるんだろう。どこか得意げだ。

「そういえば自分は以前、電車内で『ところてん』を食べている乗客を見たことがあるんだけれど、あれは……」

「無しです」

僕は即答した。先輩はうなずいて、

「そうだよね、ところてんは楽しいもの」

と言った。

逡

巡

堤仁（つつみ ひとし）・40歳・職業不詳

かつてこんな説を唱えていた。人間の脳はものを考えるところにあらず。「精神」などという形而上概念で考えていると言いたいのではない。あるいは細胞の一つ一つが思考を巡らせていると言いたいわけでもない。じつは、空気中の酸素が考えていると、わたしは考えていたのである。のであるよ。

嘘だと思うならば深呼吸をしてみたまえ。頭がすっきり、思考は晴れ晴れと冴え渡るのが分かるだろう。水で満たされた洗面器に顔を浸けて呼吸を一分間止め、顔を上げてすぐに九九の七の段を逆に唱えてみたまえ。後頭部に痛みが走り、しちはちろくじゅうく、などと口走るだろう。この変化は、体内の酸素量の多寡《たか》によってもたらされる。これは人が酸素なくしては思考できない証拠である。ここまではまあ、常識的な解釈かな。

だが、わたしに言わせれば、これは酸素の力を借りて脳が働いているためではない。人間の思考は酸素そのものであるのである。酸素の思考が脳を通じて外に露出しているのである。そう、脳は触媒にすぎないのである。この説を信ずるならば、人間の気まぐれの理由がたちどころに理解できよう。昨日会ったら好きと言い、今日会ったら嫌いと言う乙女心。思考を為すものが一つところにとどまっているとすれば不可解だが、なんのことはない、吸い込んでいた酸素が違えば思考も変わる、それだけのことなのである。われわれは酸素を受信するラジオなのである。

これはわたしがまだ学徒だった頃、満員電車に押し込められ酸欠で朦朧としつつ閃いた仮説である。さて、幾年も経過した今、わたしは広々と空いた中央線快速東京行きの列車内で酸素をたっぷり吸い込み思った。どうもこの説は間違っていたような気がしてならない。

酸素がものを考えているなら、付近の人間はみな同じようなことを考えていなければ理屈に合わないではないか。初歩的な考え違いである。おや、しかしあの満員電車で考えたことと、このがらがらの電車で考えたことが食い違っている、そのこと自体が「酸素思考仮説」を証明する材料になりはしないだろうか。うーむ、これはまだ研究の余地がある。

腹が減っている。

向かいの窓の向こうの空で、鳥が列をなして飛んでいる。時刻は午後二時を過ぎて、停滞的ムードが漂う。正面に座っている女は阿呆みたいな顔をして、兎の耳がついたアイフォーンをいじっている。車両と一緒に体が揺すられて、がらんどうの胃が自己主張する。わたしは今朝から何も食べていないのである。

腹が減っているということは、どういうことか。それは、何かを食わなければいけないということである。別に食わなくてもいいのだが、人間は食わないと餓死してしまうのである。すぐには餓死しないとしても、餓死に近づいていくのは確かである。空腹の放置は死への緩やかな接近である。

さて、餓死したくないので何か食わなければいけない。何を食えばいいだろうか。わたしはポキポキと指を軽く鳴らした。癖なのだ。

もしわたしが怪獣であるなら、吊り革、椅子、目の前に座っている阿呆面の女、アイフォーンなどをばりばりと嚙み砕いて飲み込み、食欲を満たせばよい。そこで自問自答してみる。

わたしは怪獣だろうか?

いいえ。

私は怪獣ではなかったので、その方法が適切ではないことが分かった。少なくとも、わたしがここで満腹になるのは難しいようだ。電車を降りて、飲食店に入り、飲食物を飲食する必要がある。しかし、何を食えばよいだろうか。

これは、幾度となくわたしを悩ませてきた問題である。

諸賢はこう思うかもしれない。食いたいものを食えばよいと。そのとおりだ。日本の食は豊かである。食いたいと思えば大抵のものは食える。ワニやカンガルーの肉を出す店もあるらしい。ならばペガサスの肉を出す店もありそうなものだが、それは無いようだ。架空の動物の肉は売っていない傾向が強い。

さておき、食いたいものを食うには、何を食いたいか把握することが不可欠だ。では、いったいわたしが食いたいものとは？　自分自身が欲しているものを自分で把握していないとは妙なことである。わたしはわたしに問いかけた。おい、わたし。何を食いたい？

……………………返事がない。しかし思えば、空腹という感覚がそうであったように、欲望はもっと野卑な形で表れるものだ。カッターで指の腹を切ってジワと血の玉が滲んでから「さて、痛がろう」と考えるのはナンセンスである。わたしの中にいきなりその感覚が湧き起こらない時点で、わたしはそれを欲望していないのである。

つまり、わたしは空腹でありながら、同時に何も食べたくないのである。

しかし、そんなことってあるのだろうか。まるで三角形でありながら内角の和が百八十度にならないかのようである。矛盾である。いや、だが、待て。似たようなケース「ガンになったが、入院はしたくない」は別段矛盾していない。きっと、それと似たようなことなのだろう。「空腹だが、何も食べたくない」は矛盾していないのである。

矛盾はしていないが、問題が解決したわけではない。なぜなら、このまま空腹を放置すると飢えて死ぬからである。ガンになったけれど入院したくないからといって、入院を拒否して放置すれば死ぬのである。わたしは何かを食べなくてはならない。この必要性は変わらない。わたしはまた、指の関節を鳴らした。

欲望を喚起する、という手はどうだろう。

わたしは何も食べたいと思っていない。だが、それは「今」そう思っているに過ぎない。わたし自身の働きかけによってどうにか食欲を呼び覚ませないだろうか。そこで「夕暮れカレー現象」を利用することにした。夕暮れカレー現象とは、夕暮れどきの住宅街においてどこかから漂ってくるカレーの匂いを嗅ぐとカレーの鮮明なイメージが立ち現れ、カレーを食べたくてたまらなくなる現象のことである。

ここは電車内なので、引き金としてのカレーの匂いは見当たらない（嗅ぎ当たらない）。

わたしはできるだけ詳細なカレーのイメージを創りあげることにした。とろみをおびたルウ。ゴロゴロしたじゃがいも。にんじんの彩り。そして鼻をつくスパイスの刺激……辛い甘美の世界である。だが、不思議なことに「食べたい」という気持ちが全く湧いてこない。なぜだ。これほど食欲をそそる空想を前にして、なぜなのだ。

あっ。

思い出した。おとといの夕飯がカレーだったのである。間を空けずに同じメニューを食べることは悪ではない。しかし、美しくもない。わたしの内なる美学がこの案を拒んだ。以前、事情により同じレトルト・カレーを五食連続で食べたことがあるが、最後は酷い吐き気を催して、吐いた。あのときの記憶まで思い出して、いよいよカレーを食べる気は失せた。

やれやれ、考えなおしである。だが想像により食欲を喚起する作戦は使える。わたしは引き続き、別の食べ物の図像を頭に浮かべた。ラーメンだ。

ドンブリから立ち上る湯気。ぷりぷりしたチャーシュー。ちぢれた麺。歯ごたえのあるシナチクと、煮玉子。ダシのきいた醤油のスープ……。

ダメだ。食べたくなりそうなところ擦れ擦れまで来ているのだが、あとひと押し足りない。その原因にはうすうす感づいていた。昨日の昼にスープパスタを食べていたのである。ただ

のパスタならまだしもスープパスタなのがタチが悪い。世の中に存在するモノを五百種類に分類するとしたらラーメンとスープパスタは同じ枠に入るだろう。同ジャンルのものが二日続くのも、やはり美しくない。最適解ではないのだ。「もっとよい選択肢があったのでは」と食後に思うのは、敗北をデザートにするようなものではあるまいか。

これは大変なことになってきたぞ、と思った。相変わらず車内はガラガラで、正面の女は阿呆面で、アイフォーンには兎の耳なのだが、わたしの中では重大な選択を迫られている。今や、ただなんらかの食欲を喚起すればいいのではない。最適なメニューを選ばねばならない。そうでなければ、きっとわたしの胃は満足しないだろう。

とりあえず麺類は除外することにしよう。となると飯もの、あるいはパンやピッツァなどが挙げられる。天丼なんてどうであろうか。黄金色に光る衣がサクサクと音を立てる様子は素敵だ。最後に食べたのも数ヵ月前のはずである。これはよいかもしれない。しかし。

「健康」という言葉が脳裏をよぎった。若かりし頃は念頭にも浮かばなかった熟語だが、最近は下腹の膨らみとともに切実に迫ってくる。天丼が健康に良いというイメージはあまりない。いや、これはイメージに過ぎず、一概に天丼が健康に悪いとは言えないはずではある。たとえば、一週間天丼だけ食べ続けた人と、一週間何も食べなかった人を比較したならば、天丼を食べていた人のほうが健康だろう。しかし問題は「健康に悪そう」という発想そのものだ。ほんのわずかなためらいが、欲望のトリガーを引くのをためらわせてしまう。求めているのは最適解なのだから、ためらいを生じさせた時点で失格である。

ここで牛丼・親子丼・海鮮丼・ハンバーガー・ステーキ・ピッツァ・中華料理全般が、前述の理由により一気に失格となった。これでかなり範囲が狭まってきた。選択肢を競い合わせ、最後まで生き抜いたものをチョイスする蠱毒《こどく》のグルメ、残るは「ヘルシー」とされる食べ物群ということになる。

しかし、これが難物である。あっさりとした食べ物は衝動的な食欲を呼び起こすのに不向きなのだ。わたしは今まで「あ〜、なんか精進料理食べたい」と突然言い出す人間を見たことがない。まずその精進料理は論外とする。今何も精進するつもりはないし、どこで食べられるかも知らない。

それでは定食はどうか。飯に、焼き魚に、味噌汁に、納豆、それと漬け物。丁度よい塩梅に俗っぽく、いわゆるヘルシーとも合致している。これをファイナルアンサーとすべきか。

いや。しかし。

まだ何かがわたしをためらわせる。それは「普通すぎないか」という思いである。確かに焼き魚定食は堅実で、よい選択だ。だけれど、本当にそれが最高の答えなのだろうか？　あらゆる場合に言えることだが、安全な選択はしばしば、その無難さによって魅力を曇らせる。そして人々をリスキーな冒険へと導く。そんな危険な誘惑がわたしの肩にも手を回してきた。定食なんて、却下だ。普通すぎる。もっとユニークで、最高最善の食事があるはずである。

そんなものは、ない。

わたしは頭を抱えた。消去法によって全ての可能性を消去してしまった。規則的な列車の揺れによって、胃の空白がまた主張をはじめる。もはや、わたしにはゆっくりと餓死していく以外の道は残されていないように感じた。

そのとき、ツンとした刺激が鼻孔を突いた。

発酵した匂いである。まさか、すでに餓死が進行していて、わたしの体が腐臭を放ち始めたのだろうか。顔を上げると、信じられない光景が広がっていた。

目の前にいた阿呆面の女が、おもむろにパックのところてんを食していたのである。車内には強烈な酢の匂いが充満し、他のわずかな乗客たちは抗議の視線を送っていた。女はそんなことは気にもせず、ずぞぞぞと音を立ててところてんを貪っている。全てを許されているかのような振る舞いだ。

しかし、今のわたしには、女への驚きも憤りもなかった。酢の匂いを嗅いだ瞬間、まさに、スイッチがオフからオンに切り替わるようにして、わたしはある衝動に取り憑かれてしまったのだ。

冷やし中華が食べたい。

冷やし中華が食べたい。とにかく、今すぐに食べたい。いや、食べなければならない。鼻にくる酢の香りと、黄色い麺。細切りのハムとキュウリとタマゴ。どれもが恐るべきリアリティを持って頭の中で舞い踊っている。昨日食べたスープパスタのことなんて、吹き飛んでしまっていた。美学なんて、クソ食らえだ。健康も関係ない。ユニークかどうかなど、知ったことか。わたしはただ、冷やし中華が食べたくて仕方がない。それだけなのだ。

停車駅に近づき、列車が速度を緩める。わたしはすかさず立ち上がった。ドアが開いたら早く降りて街に繰り出さねば。行き先はもちろんさびれた中華料理店だ。期待で胃が震え、グウと音を立てた。ああ、冷やし中華よ。

つまり、今が二月の中旬であることをすっかり忘れていたのである。

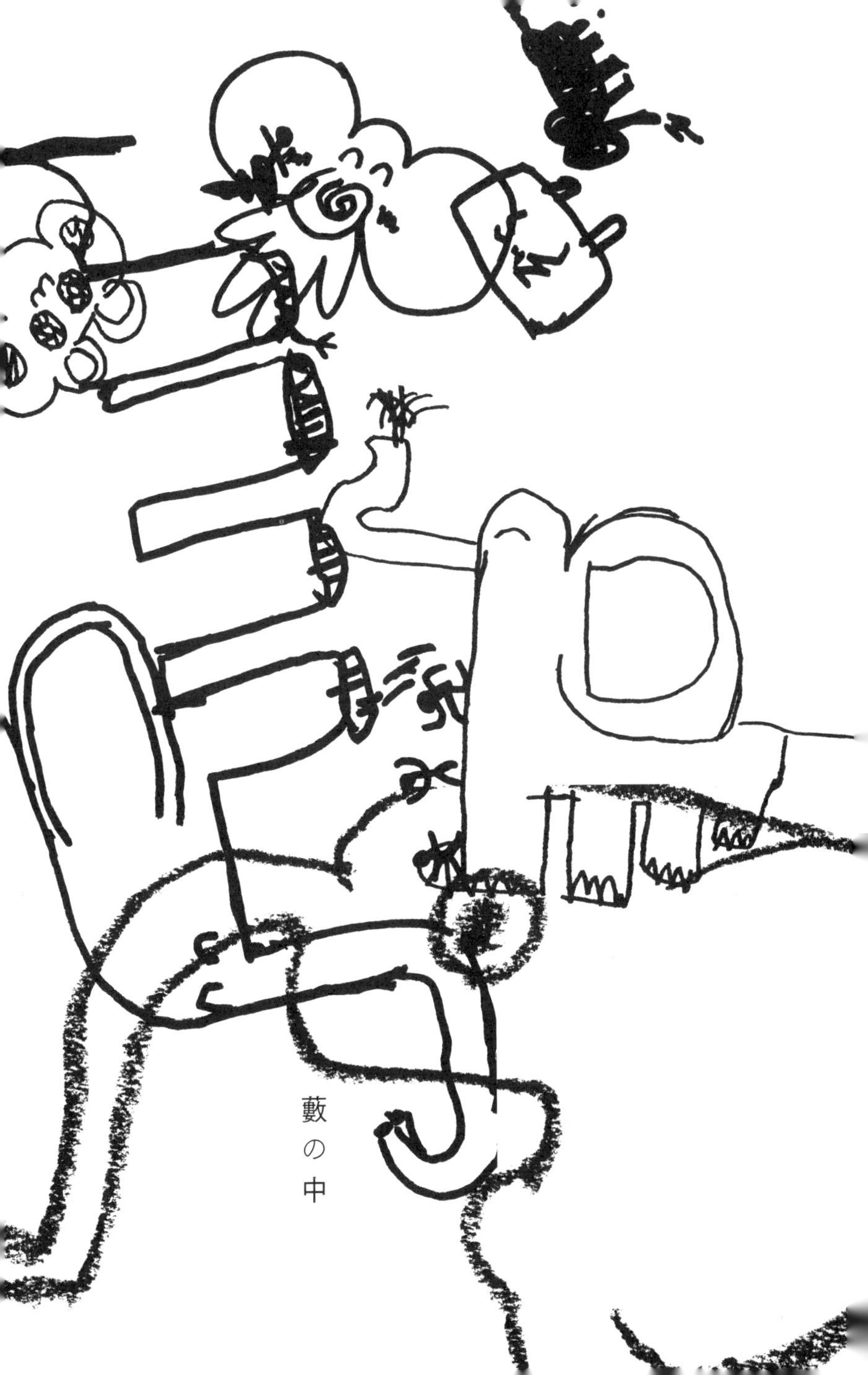

藪の中

弓削啓子（ゆげけいこ）・38歳・小学校教員

もう空は暗くなっていた。

弓削啓子は車両内の座席に腰を下ろし、鞄からマチ付きの封筒を取り出した。中から原稿用紙の束を掴み出して、膝の上に置いた。担任する二年一組の児童が書いた作文だ。テーマは「遠足の思い出」。先週行われた遠足の思い出が、小学二年生のつたない字で綴られている。今日回収したばかりだ。

明後日までに全員分の作文に目を通し、赤ペンでコメントを添えて返さなければならない。一人あたりの分量は少ないが二十七人分となると骨が折れる。新宿に着くまでの十分ちょっとの時間を使って、作文を読めるだけ読んでおこうと啓子は思っていた。小学校教師に必要なのは愛情でも熱意でもなく時間だ。使える時間は有効に使うべきだ。啓子が十五年の教師生活で学んだ確実なことの一つだった。

東の一番上から目を通す。出席番号五番、栗《くり》原《はら》翔《しょう》太《た》の作文だ。

遠足

二年一組　くり原　しょう太

ぼくは、井のかしら動物園に遠足に行きました。八時に校ていのすぎの木のところに行きました。そして、みんなでえきに行きました。切ぷを買わないで中に入れました。先生がみんなのぶんを買ったから、買わないで入れました。

そして、八時四十八分に、電車が走って来ました。みんな、電車に乗りました。八時五十三分に、西国分寺でおりました。大山くんが「もうついたの」と言いました。い東くんが、のりかえだから、まだだよと言った。

それから、六分くらいして、ちがう電車に乗りました。九時二十分に、吉上寺えきについた。でも、川本くんがいなくなっていました。

「川本くんはどこ？」

と、九時二十五分に先生が行ったから気がつきました。先生はあわてて、電話をかけてから、さとう先生が、川本くんをさがしに行きました。それから、動物園に行きました。あとから、おくれて、川本くんとさとう先生がきたので、よかったとおもいました。ぞうとか、山にさるとかがいて、少しくさかったけど、かわいいところもありました。鳥もいました。楽しかったです。そして、二時十五分に、動物園を出ました。家についたのは、四時二十分でした。色色なものを見れたので、また行きたいとおもいました。

いつ、なにがあったのかが、とてもよくかけていますね。啓子は心の中で赤ペンを走らせた。栗原翔太は寡黙な児童で、何を考えているか掴めないところがある。しかし、作文を読むと彼が物事をよく観察しているのが分かった。時刻を正確に捉えることに強い興味があるようだ。こだわりすぎて力尽きたのか、肝心の動物園の描写がかなり簡素になっていて、半分以上が「迷子事件」の描写に割かれているが、真面目に取り組んでいるのはよく分かる。

啓子は次の児童の作文に目を移した。

ぞうのやさしい目

二年一組　すわ　和史

「わあー」

ぼくは、口をぽっかりと大きくあけてしまいました。なぜなら、はじめて見たぞうが想ぞうしていたよりも、ずっと大きかったからです。このことが、遠足で一番心にのこりました。


うまいな、と啓子は感心した。「わあー」と、感嘆から書き出すとは。続きに目を走らせる。


ぞうの体はとても大きくて「ずしん、ずしん」と音が鳴りそうな感じがしました。ぞうの足は、まるで学校の校ていに生えている杉の木のみきのように太くて、ずっしりとしていました。だからぼくは、人をおそったら大へんだと気になって、しいくいんのおじさんにしつ問しました。

「ぞうにえさをあげるとき、ふまれてしまったりしないの？」

すると、おじさんはわらって答えてくれました。

「花子はやさしいから、ふんだりはしないよ」

花子というのは、ぞうの名前です。ぼくは、こんなに体が大きいのにやさしい花子はえらいなあと思いました。まるで本の「ぞうのババール」のババールみたいだなあ。

よく見ると、花子はとてもやさしい目をしています。大きな頭に、黒くて小さな目が二つついていて、キラキラとかがやいています。その目を見ているだけで、ぼくもやさしい気もちになりました。

それと、まい日まい日、休まずぞうたちのおせわをしてあげている井の頭自ぜん文化えんのしいくいんの人たちも、とてもやさしいなあと思いました。ぼくも大きくなったら、しいくいんの人たちみたいにたくさん動物のおせわをして、花子と心がかよえるようになりたいと思います。

心配になるくらい出来のいい児童がたまにいる。諏訪和史《すわかずし》はそのタイプだった。作文を課すと、ほとんどの児童は朝からの出来事を順番に書く。だが、これはテーマを一つに絞っている。多様な比喩表現もテクニカルで、書き慣れているのが分かる。文字に書き直しの痕跡がないのは下書きを清書したためだろう。文句なしの花丸だ。ただ、と啓子は思う。そんなに肩肘を張ることもないのに。

そのとき、視界の外で「んが」という声がした。

顔を上げると、正面で眠りこけていたサラリーマン風の中年男が、緩慢な動きで周囲を見回していた。自分のいびきで目が覚めたようだ。状況を把握した男は少し気恥ずかしそうにうつむき、また眠っていたときの体勢に戻った。お互いお疲れさまです、啓子は心の中でねぎらいの声をかけ、作文用紙に目を戻した。

次は女子児童の作文だった。

どう物えんに行ったこと

二年一組　し水みあ

わたしは、どう物えんに行きました。りすがかわいかったです。まおちゃんが、手を出しして、いたけど、にげました。わたしは、手を出したら、いけないと言ました。それと、あさは、でん車で行きました。けいこ先生に、ついて、いきました。

思いつくままに書いているせいか、りすが可愛かった話の次が朝の話だ。啓子は苦笑した。

そして、すわれなかったから、つかれてしまった。でも、はるちゃんとゆいかちゃんとすみれちゃんとちかちゃんとみさちゃんとで、おはなししました。このまえ、かった、ぼうしのはなしをしました。でもしゅんくんが「へん」とかわたしのぼうしを、いやなことをゆうので、わたしはおりたくなった。「やめて」ってゆってもやめてくれないので、しゅんくんが、なんでそんなことをするのか、わかりません。

このあたりの文字は筆圧が強い。一字一字が大きい。よほど腹が立ったのだろう。

それと、モルモットがかわいかったです。ひざにのせたら、あったかかった。

それと、ゆうやくんがでん車でまいごになりました。さとう先生が、さがして、どう物えんに行ってからもどったけど、わたしは、ゆうやくんがいなかったので、心ぱいしました。あと、ゆうやくんがないていて、赤ちゃんみたいだとおもった。はなしをききなさいと、いつも、ママが、ゆっています。それと、パンダはいなかった。こんどいくときは、パンダに会いたいとおもいます。

清水深藍《しみずみあ》は仕切りたがりで、文章にも気の強さがにじみ出ているが、そのわりにはよく泣かされる。実はこの日も男子にからかわれ大泣きしたのだが、本人は巧みにそこをカットしていた。都合の悪い部分を文章上ではなかったことにする知恵を、子供はどこで身につけるのだろう。代わりに「迷子事件」のことは栗原翔太と同じく描写している。遠足当日、乗り換えの際に降り損ねた児童がいた。付き添いの佐藤先生がすぐに戻り、隣の駅で合流したため大事には至らなかったが、クラスメイトの遭難は子供心にショックが大きかったようだ。

次の作文は、清水深藍を泣かせた「犯人」のものだ。原稿用紙は何度も折り曲げられてよれよれになっている。

えんそく

2年1くみ　大ばしゅん

せんせえがどうぶつえんに行くからついてきなさいといってぼくはでん車にのった、さわぐなといわれたのででもぼくはいすにくつをのせたらおこられた。　ゆうやがきかいのボタンがいすのなかにあるといって手をつっこんだらぬけなくなってでもおもしろかったからそのままおりたらでんしやがとじて行ったからあせったけど。あとでもどってきたからべつによかったとおもう。

大庭俊《おおばしゅん》は、まだ段落や句読点を満足に使えない。漢字もほとんど平仮名のままだ。深くは追求していないが、迷子事件も彼が何か余計なことをしたせいで起きたらしいと啓子は察している。

車両が少し大きく揺れた。改行もなく殴り書きは続く。

そのあとまたおこられた。けいこのけいはけいさつのけいだとおもう。でもぜったいぜったいぜったいにぼくだけわるいとかじゃない。どうぶつえんはといれのにおいがしてゲーが出そうだった、ぞうがうんこをしていたので、みんなで、ばくしょうだった、そのあといえにかえった。くさかったことがすごくあたまにのこりました。おわり

啓子はこの子に手を焼いていた。とにかく反抗的なのだ。大人が嫌がる行動、言動をあえて繰り返す。授業を中断して叱ることもたびたびだった。だが、まず宿題をきちんとやってきたことを褒めてあげようと啓子は思い直した。彼に必要なのも、何より時間だ。

次は、例の「迷子」、川本雄也《かわもとゆうや》の作文だった。どんな作文を書いてきてくれたのだろう。

読み始めようとしたらアナウンスが流れた。気付けばもう下車駅に停まろうとしている。このままでは誰かみたいに降りそびれてしまう。啓子は慌てて原稿用紙の束をしまってドアの際《きわ》に立った。続きは家でやるとしよう。

車輪が線路を叩く音だけが聞こえた。うつむき座る大人たちが暗い窓に映っている。さっき自分のいびきで目覚めた男もまた眠りに落ちていた。寝息は走行音にかき消される。啓子は遠足の日の騒ぎを思い出した。吊り革にぶら下がる児童。泣き声。迷子。同じ路線とは思えないほど、ここは静かだ。

列車が完全に停まった。ドアが開く。

電車でまい子になった

二年一組　川本ゆうや

このまえ、ぼくは、遠足でまい子になりました。西国ぶんじで、みんなとはぐれてしまった。どうしてかというと、電車の、みどりのいすの、すきまに手が入ってしまって、ぬけなくなってしまって、おきざりでドアがしまっちゃったからだ。

どうしてかというと、かずしくんが、いすの間の中のおくのほうに、ボタンがあるといったからだ。かずしくんは、もの知りで、DSのこうりゃくほうとかも一ぱい知ってるから、本当だとおもった。ぼくは、ボタンをおしたら、もしも電車が止まったら大へんだとおもったけど、おしてみたいと思ったし、かずしくんが手を入れろとわらいながら言うからです。

手をつっこんだら、あたたかかった。それで、ゆびをうごかすと、かたいのがあったので、ボタンだとおもってさわったけど、だめだった。そして、きずいたら手がぬけなくなっていた。引っぱっても、うでがおくまでいってしまっていてぬけないので、心ぞうがバクバクになった。電車がてい車して、みんなおりてしまった。こえをかけたのに、かずしくんもおりてしまった。

ぼくは、手首をまわして手をぬいたけど、もう電車が走って、行ってしまっていて、ぼくはボーとなってしまった。

そのあとつぎのえきでおりて、えきではたらいてる人にせつめいして言ったら、ここにいなさいと言うので、じっと、しずかにしていました。そのあとさとう先生がきて、おこられるかと思ったけどおこられなかったから、ないたりはしなかった。でも、ぼくは、ひどいめにあったとおもう。そのあとどうぶつを見た。ぞうがすごいでかかった。また行きたいです。

三鷹駅

「いったん降りようか」

そろそろ三鷹駅に到着するというところで、新渡戸先輩が立ち上がった。

「トイレですか」

「飲み物をね」

言われてみれば、僕も喉は渇いていた。

「じゃあ、ホームの自販機で買います?」

「うん。車両ドアが閉じるまでのリミットは約二十秒」

先輩はわざとらしい口調で言った。

「その間にカタをつけようじゃないか」

なるほど、素早く飲み物を購入して電車に駆け戻る魂胆みたいだ。面白い。

間に合わなかった。

先輩が悠長に「どれにしようかなあ」などと言って自販機を眺めているうちに、列車は駅を発ってしまった。僕はさすがにひどいと思って先輩を責めたてた。

「何が『カタをつけようじゃないか』ですか。行っちゃいましたよ!」

僕は頑張って十秒足らずでボトルの緑茶を手にしたのに。

「自分はこういうときも妥協したくないんだよね。欲しいのがなくて」

「何がお望みだったんですか」

「バナナ味の豆乳」

そんなの、そうそう自販機で売ってないだろうに。

「まあ、もう行っちゃったものは仕方ないですけど」

「あ、そうだ。こういう駅ならコンビニが併設されてるんじゃないかな。そこなら売ってるかもしれない」

「まだバナナ豆乳はあきらめないんですね」

「いや、紅茶風味の豆乳があればそれでもいい。バナナの次に好きなんだ」

ホームから上がって見回してみると、コンビニ的な店が見つかった。「的」と表現したのは、その店が食料品売場と呼びたくなるような高級感を漂わせていたからだ。内装も刺激的な原色は全然使われていなくて、落ち着いた緑を基調としている。売られているのはなんだか高価そうなハムや酒類が多く、「マダム」という言葉が頭に浮かんだ。実際、店内にいる客は上品な雰囲気の中年女性ばかりだった。入口を前にして僕は言った。

「なんか、ちょっとハードル高い店ですね」

「そう？　確かに高級そうなものも売ってるけど、普通の飲み物もあるみたいだよ」

先輩が指さした飲料コーナーの一角には、確かに見慣れたボトルが並んでいる。先輩はその中から素早く「バナナ豆乳」を見つけ出し、手に取った。

「やっぱり見かけほど近寄りがたい店じゃないんだよ、ほら」

紙パックを持った新渡戸先輩の視線の先を見ると、中学生くらいの女の子が陳列棚を眺めていた。どこにでもいそうな感じの地味な子だ。意外といろんな層に利用されている店らしい。女の子は棚の商品に手を伸ばした。

「……あ」

先輩の顔が曇った。彼女が手に取ったのは大瓶のオレンジジュースだった。それをカゴに入れると、続いて薄切り生ハムやモッツァレラ・チーズの類を次々に放り込み、レジへと向かった。先輩は女の子が立っていたあたりに行って、彼女が買ったものをそれとなく確認し始めた。

「見て、このオレンジジュース、千二百円もするよ。ハムが八百円。チーズも高いやつだ。あの子もあっち側の人だったね」

先輩はにやっとしてささやいた。

たぶん親のおつかいだろう。それでも、レジで会計する女の子の背中は少し高貴に見えた。日常的に千二百円のジュースを買う世界の人たち。

先輩は小さくずっしりしたチーズの箱を裏返しながら言う。

「本当に高級なものは、パッケージに高級とかプレミアムとか書いてないんだねえ。こういう洒落たチーズなんか、自分には一生縁はないな」

「僕、それの隣にあるやつならたまに食べますよ」

僕は唯一馴染みのあるチーズを指さした。僕としては何気ない一言のつもりだったのだが、先輩は露骨な反応を示した。

「えっ、都築くんが？　なんで？」

本気で驚いているらしい。顔が真剣そのものだ。

「親がお酒飲む人なんで、僕もおつまみのチーズとか好きなんですよ」

「……君も飲むの？」

「いや、僕はチーズだけですけど」

「変なの！」

先輩は吐き捨てるように言った。そんな砕けた口調を聞いたのは初めてだ。

「そんなに変ですかね」

「そんなに変だよ。自分の知ってる都築くんは、チーズを日常的に嗜《たしな》むような瀟《しょう》洒《しゃ》な人間じゃないはずだ。君らしくないよ。そんな虫も殺さぬ、というよりも、虫にも殺されそうな顔をしておきながら」

先輩と僕がまともに話したのなんてほとんど今日が最初みたいなものなのに、全てを規定するような物言いだ。

「いや、たまに食べるだけですし、別に高いのでもないですよ、これ。コンビニでも売ってますから」

「値段の問題じゃないんだよ、都築くん。君が日常的にチーズを食していること自体が似つかわしくないんだよ。私見だけど、都築くんにはもっとふさわしいものがあると思う。たけのこの里とか……」

だんだん分かってきたぞ。これ、僕、馬鹿にされている。

「先輩はチーズにどんなイメージを持ってるんですか。ただの発酵した乳製品じゃないですか」

「自分はね、都築くんを信じていたんだよ。なのにこの仕打ちだ。まさか君がそっち側の人間だったなんて」

先輩は頭を抱える。チーズを食べるだけで踏み越えられるラインがあるらしい。いつの間にか僕は責め立てるような口調で追い詰められていた。

「分かった。じゃあ、もうこうするしかない」

先輩は、さっきの女の子が買って行ったオレンジジュースの瓶を手に取った。

「これを買う」

「なんでですか！」

まったく意味が分からない。どうしてこの流れでそうなるのか。

「ここでチーズを買ったってしょせん都築くんの二番煎じになるし、それは自分のプライドが許さない。だから、君も踏み込んだことのない領域に進むしかない。そうやって自分も『向こう側』に行ってやるんだ」

新渡戸先輩はそう言い残すと千二百円もするオレンジジュースの瓶をバナナ豆乳と一緒にレジに持って行ってしまった。あの人がいったい何にムキになっているのか僕にはさっぱりだ。レジ袋を提げて戻ってきた先輩は、前方の選手を追い抜いたランナーのような顔をしていた。

「緊張で手が震えたよ。バナナ豆乳よりも飲むのが楽しみだ」

僕は携帯をちらっと見てから言った。

「それは良かったですけど、次の電車は大丈夫ですか」

先輩は僕の言葉を聞いて思い出したらしい。

「行こう」

僕たちは急いでホームに走った。あと一分で快速が行ってしまう。

夜の鳥類たち

黒沼慶太（くろぬまけいた）・27歳・警察官

「あんたさあ、黙ってないでなんか言ったら」

小柄ながら気の強そうな女が、向かいの椅子に座る男に威圧的な声を浴びせた。一音一音が鞭《むち》のようだ。男は視線を床に向けたまま黙りこくっている。

「佐江《さえ》、そろそろ落ち着いてよ。警察の人も来てくれたんだし」

背が高く痩せた女が、興奮している小柄な女をやんわりと諭した。

駅員はその様子を見守っている、というよりも見守るしかできないのだろう、所在なげに目を宙に泳がせている。

黒沼慶太は、もう一度場を見渡した。ＪＲの駅員室はただでさえ狭い。その一角に彼を含めて五人の男女がいる。場は人肌の熱気に支配されていた。

浅倉《あさくら》佐江と名乗る白黒セーターを着た女は、苛立った様子で事務椅子に座っている。さっきからきつい言葉を次々に発しているのは彼女だ。黒沼は、いつか動物園で見た気性の荒いペンギンに似ているなと思っていた。

その「ペンギン」の横に座るのは、天野知佳《あまのちか》という女。色白でひょろりとした様子のわりに自立した印象がある。鳥に喩えるなら、どこか鶴に似ている。こちらはさっきからほとんど喋っていないが、彼女が無口というよりは、ペンギンのほうが喋りすぎなのだろう。二人は女子大の同級生だという。「ペンギン」と「鶴」のコンビが、本日の一件の被害者ということになるらしい。この場を取りまとめるのが、警察官たる黒沼の仕事だ。

彼女らの対面に座る男のほうは、じっと黙秘している。羽織っているくすんだ青のジャンパーは缶コーヒーのシールを集めてもらえる景品だと、黒沼は目ざとく気付く。年齢は五十代半ばと思われた。分厚い眼鏡の奥の目は誰も見ていない。この男に似た鳥がいなかったかと黒沼は考えた。

そうだ、嘴広鶴《ハシビロコウ》という大きな鳥に似ている。灰色でくちばしの大きな、目つきの悪い鳥。上野動物園で見た。

黒沼には職務中に出会った人を動物に喩える癖がある。新人時代に聞いた「相手を人間だと思うな」という先輩の言葉を愚直に実践しているのだ。ペンギン、鶴、ハシビロ——黒沼は三人を心中でこう呼ぶことにした。

「隅田」と書かれた名札を着けた若い駅員は、まだトラブル処理に慣れていないらしい。顔に疲れの色が浮かんでいる。彼は動物に似ていない。強いて言えば、動物園の飼育員に似ていた。もっとも黒沼の感覚では、ほとんどの駅員はなぜか飼育員に似ている。

黒沼は言った。

「ええと……隅田さん。改めて、状況の説明をお願いできますか」

本来の業務を思い出したように、駅員の隅田は泳がせていた目を黒沼に向けて答えた。

「あ、はいっ」

だが駆けつける前から黒沼には察しがついていた。鉄道警察が出動し、現場にいるのが二人組の若い女としょぼくれた中年男性――ペンギンと鶴とハシビロ――とくれば、十中八九、痴漢か盗撮である。

「盗撮です」

答えたのはペンギンだった。駅員に尋ねたのに割って入るなよ、と黒沼は思う。だが内容は案の定だ。

「こいつ、あたしらのこと盗み撮りしてたんです」

ペンギンの声には無関係の者まで責めるような刺々《とげとげ》しさと迫力があった。油断すると鼻をついばまれそうだ。

状況説明をし損ねた隅田が困った顔で付け加えた。

「ええと、この方はそうおっしゃるんですが」

「だって見たんだもん」

その証言が本当なら、ハシビロは盗撮魔ということになる。黒沼は、犯罪の中でも盗みを特に憎んでいた。初めて買ったマウンテンバイクがその日のうちに盗まれて以来、そして一週間後、それが大破した状態で発見されて以来、強く根付いている価値観だ。サドルは無傷だった。

「しませんよ、盗撮なんて」

ハシビロが初めて口を開いた。平板で感情を読み取るのが難しい声だった。本当に知らないようにも、開き直っているようにも聞こえる。ペンギンは顔を赤くしてハシビロの言葉に反応した。小魚に食らいつくかのようだ。

「嘘つかないでよ。あたしたちの近くでコソコソ携帯いじってたでしょ。あのときスカートの中とか撮ったんじゃないの」

ハシビロはペンギンを一瞥してまた沈黙した。これは面倒なことになったと黒沼は思った。犯罪者の供述には特有の慣れがあることが多い。予期しているためか、過剰に分かりやすく、不必要に筋道が立っている。だから逆に、だんまりを貫かれると扱いにくい。

「じゃあ、携帯の中身を確認させてもらえませんか」

黒沼がなるべく穏やかな声で尋ねると、ハシビロは眉間に皺を寄せた。

「それは強制ですか」

「いや、強制ではなく任意ですけど、疑いを晴らすには手っ取り早いんじゃないかと」

「分かりました」

ハシビロは右のポケットからスマートフォンを取り出し、黒沼に手渡した。見たところ、インストールされているアプリは最小限にとどまっている。壁紙も初期設定のままだ。黒沼はアルバムアプリを開く。他愛ない風景写真が数枚。盗撮写真らしきものは見当たらなかった。

「捕まったときにこっそり消したんだわ」

いつの間にか画面をのぞき込んでいたペンギンが叫んだ。見かねた鶴が、彼女の腕を引く。

「佐江、お願いだからちょっと黙って」

苦言に心中で感謝しながら、黒沼は鶴に訊いた。

「彼を捕まえたときはどんな感じでした?」

「この駅に電車が停まったのと同時ぐらいに佐江……この子が、この人の腕を掴んで駅員室まで連れて行きました」

「その間にデータを消せる時間の余裕はありそうでしたか?」

「それは……無理じゃないかと思います。腕をがっちり掴まれてたし、私もずっとこの人を見てたから」

次に黒沼は駅員の隅田に訊ねる。

「この部屋に来てからはどうでした?」

「ずっとここに座っているのを見ていたので、隠れてデータを消すのは無理だと思います」

証拠隠滅の余裕はなかったようだ。その後、荷物検査も行ったが、怪しいものは見つからなかった。

「もういいでしょう。帰っていいですね」

ハシビロは苛立ちを隠そうとしない。時間は午後八時をまわり、黒沼が到着してから三十分以上が経過している。それでいて、ハシビロが盗撮をはたらいたという証拠は見つからないのだから、腹が立つのも当然だろう。

これはペンギンの独り合点の可能性が高くなってきたぞと黒沼が思ったとき、当のペンギンがまた叫んだ。

「分かった。ネクタイとかボタンにカメラが仕込んであるんだ。駅員さん、ちょっとＭＲＩで調べてよ」

まだ疑っているらしい。金属探知機と言いたいのだろうが、体を輪切りにしてどうするんだと黒沼は呆れる。ペンギンは、ねえ、責任があるでしょ、と駅員に掴みかからんばかりに騒ぎ始めた。黙ってばかりのハシビロよりも怒りをぶつけやすいのだろう。駅員は困り果てている。

そのとき、鶴がぽつりと呟いた。

「いいかげんにして」

聞いた人間から体温を三度奪うような声だった。

身内からの注意はさすがに効くのか、ペンギンはシュンとして「ごめん」と小さい声で言った。ふてくされた子供のようだ。横を見るとなぜか駅員もシュンとしている。これが鶴の一声か、と黒沼は感心した。鶴は頭を深々と下げ、ワンテンポ遅れてペンギンも頭を下げた。

「申し訳ありません。この子の勘違いだったみたいです」

ハシビロコウはそれを聞くと立ち上がった。

「いい迷惑だ、まったく」

しかし、黒沼は引っかかるものを感じていた。なぜペンギンはここまで彼が盗撮魔だという考えに執着していたのだろう。

「あの、最後に一つだけいいですか」

ペンギンに言ってから、黒沼はそれが好きな刑事ドラマの主人公のセリフに酷似していることに気付き恥ずかしくなったが、そのまま続ける。

「車内でのこの方の動きのどこが怪しいと思ったんでしょうか。そのときの状況だけ」

ハシビロが目を見開き、うんざりして言う。

「ここへきてまた話を蒸し返すんですか」

「一応、一応です」

隅田が不安げな顔で黒沼に視線を送っている。ペンギンは黒沼の質問に答えた。

「知佳と電車で立って話してたんです、向かい合って。そしたらあたしの真後ろにこの人が立って、スマホを触り出したのね。最初は気にしてなかったんだけど、やたらチラチラ見てくるし、距離が妙に近い気がして、痴漢？　って思って牽制のつもりで睨んだら、持ってたスマホを慌ててポケットにしまったの」

「それで盗撮だと思ったんですか？」

黒沼は不審に思った。それだけで腕を掴んで駅員室まで引っ張っていくのは、いくらなんでもリスクが大きすぎないだろうか。

「あ、そうだ。しまうときに微かにカメラのシャッターみたいな音がしたの。それで……」

「シャッター音？」

初めて聞く情報だった。なぜ今まで黙っていたのだろう。彼が犯人だという確信のほうが先走ったのかもしれない。

「それはどんな音でした？」

「ポロン、みたいな。いや、ポポン？　かな」

黒沼はハシビロに向き直った。

「すみません、もう一度携帯をお貸し願えますか」

ハシビロから渋々スマホを渡された黒沼は、カメラアプリの録画開始ボタンを押した。

ポン。

録画停止ボタンを押す。

ポポン。


「あ、この音！」

ペンギンが叫んだ。

「この音ですっ！　やっぱこいつなんだよ！」

ペンギンは今にもハシビロに嚙みつきそうだ。黒沼は制止した。

「いや、ムービーの録画履歴もなかったはずです。だから盗撮の証拠にはなりません、でも」

言い終わらないうちに、今度はハシビロが怒りを露わにした。

「お前はどっちの味方なんだ。早くそれを返せ」

ハシビロは黒沼の腕を掴み、強引にスマホを奪おうとした。手元が狂い、手のひらで液晶が押され、画面がでたらめに遷移する。スマホは黒沼の手を離れて、床に落ちた。

ゴトンという鈍い音が響く。その場の全員が体を硬直させ、息を飲んだ。

「す、すみません」

黒沼は慌てて屈んでスマホに手を伸ばす。

だが、指が触れそうになった瞬間、いきなりスマホから音が流れ出した。着信メロディーではない、布がこすれあうような雑音だ。黒沼は、スマホを落とす前に誤って何かの再生ボタンを押したらしいと悟った。


ガサッ。ガサッ。ガサ。

ボ。ボボボ。ボボボボボボ。ボッ。

――ばくない？　――って。

――ようきだって、マジで。

――それで――んとに気持ち悪くて。

――うん。

「あたしの声だ」

ペンギンが呟いた。

雑音に紛れてはいたが、それは紛れもなく、ペンギンと鶴の会話だった。

黒沼はスマホを拾い上げた。画面には録音アプリの再生画面が表示されている。スピーカーから流れる会話は途切れることなく続き、ハシビロは動かずその光景をただ見ていた。

――でさ、アサリあるじゃん？

――貝の？

――貝の貝の。で、アサリのね、お味噌汁を飲むときにね。こうやって、箸でアサリの身を取って、こう、ご飯に一個ずつ乗せて。

――えー、ヤバい。

——バいっしょ。で、ご飯にアサリ敷き詰めて、アサリ丼、とか言うの。

——えー。

——超誇らしげに。

——うん。

——それ見た瞬間もう別れよ、って、別れよ、って。ないわーって。抜本的なとこで無理、って。

——それで別れるの決めたの？

——それだけじゃないんだけどお。

——えーなになになに。

ボ。ボボ。ボボボ。

——宝くじで十万当てたじゃん、去年あいつ。

——うだっけ。

——何買ってたと思う？

——えー？　うん。——ん？　どうし——

ボボボボボボボボボボボボボボ。ボッ。

雑音とともに音が途切れ、再生が終わった。

黒沼が確かめたところ、録音アプリで録音開始ボタンを押したときの音は、録画アプリと同じ「ポン」という音だった。

履歴を見ると、ハシビロは自分のしたことを素直に認めた。なぜ彼女らの会話を録ったのか問われた彼は、相変わらず視線を黒沼と合わせようとはせず、床を見て話し始めた。声の調子は何かを読み上げるように平板だった。

「会話を録るのが趣味なんです。プライベートの覗き見が好きなわけじゃありません。人の不用意な言葉が気になるんです。僕は昔から観劇が好きで、同じ演目を何度も観ては、役者のとちりやアドリブをメモしていました。そういう、脚本に載っていないところでこそ、登場人物が生きている気がしたからです。日常会話の録音もそんな理由で始めました。誰かが記録しなければ会話は永遠に失われます。そう思うと録らずにはいられないんです」

公共の場における盗聴は法的に犯罪とならない。ハシビロは厳重注意を受けた後、録音データを消去されてから解放された。

納得できないペンギンはしばらく騒いでいたが、盗撮の事実はなく会話を録音されただけだったこと、最後にハシビロが頭を下げて謝罪したこと、鶴に睨まれたこと、以上の理由によって次第に落ち着きを取り戻し、鶴を連れてその場を後にした。時計の短針が夜九時を指していた。

隅田と黒沼だけが駅員室に残っている。先ほどまで部屋に満ちていた熱気は消え失せていた。

「助かりました。ありがとうございます」

隅田が頭を下げる。気恥ずかしくなった黒沼は曖昧に返答した。

「あ、いや」

「こんなことを言ったらいけないですけど、あの犯人の方《かた》も惜しかったですね」

隅田の言葉の意味が分からず黒沼は聞き返した。

「え?」

「録音の最後です。宝くじを当てて買ったものを言う直前に途切れてましたよね。今も続きが気になっているんじゃないですか、あの人は。まあじつは、僕もなんですけど」

「ああ」

そのデータはすでに跡形もなく消去されている。ペンギンと鶴に会うことも、もう二度とないだろう。黒沼は少し笑って言った。

「そうですね、まあ、気になりますね」

隅田に見送られ、黒沼は駅員室を出た。冷たい外気を肌で感じながら、ハシビロのことを考える。隅田が言うとおり、彼は続きが気になっているだろうか。黒沼は録音されていた音声を思い出した。

『根本的』だよなあ」

小さく呟く。黒沼が気にしていたのは当選金の使い道ではなかった。録音の中でペンギンは「抜本的なとこで無理」と言っていた。おそらく「根本的」と間違えているのだろう。どうでもいい誤りだが、黒沼にはこれが引っかかった。

ハシビロの好みに合うのは、むしろそっちなのではないか。あのアサリ丼や宝くじの話には、繰り返し話されたような慣れがある気がしたのだ。

「細かいところが気になるのが俺の悪い癖だ」

黒沼はわざとらしく独り言を言った。

三鷹駅ホーム

中央線快速高尾行きは、僕の目の前を走り去って行った。

「やあ、また間に合わなかったねえ」

後ろから悠長に追いついてきた新渡戸先輩は、昔の小説のような言い回しを使って笑った。こういうとき実際に「やあ」と言う人を初めて見た。

「先輩がジュースのことで悩んでなければ間に合ったでしょうね」

僕は先輩に軽く嫌みを言った。ただでさえ僕たちは大幅に遅れているのだ。これ以上先輩たちに迷惑をかけたくない。

「ごめん」

新渡戸先輩は気持ち悪いくらい素直に頭を下げた。また奇妙な冗談でごまかすかと思っていたので、少し意外だった。

「これ、半分飲んでもいいよ」

先輩が手渡したのはさっき買った高級オレンジジュースだった。お詫びの原因をお詫びのしるしに差し出す。この人はそういう人なのだ。


次に高尾まで行く中央特快が到着するまで十分ちょっとある。僕と新渡戸先輩はベンチに座って待つことにした。

「千二百円するんだから、単純計算で自販機のオレンジジュースの十倍おいしくないと詐欺だからね」

単純すぎる計算を披露した先輩はぎこちない手つきで瓶のスクリューキャップをくるくると回して開け、僕に渡してきた。

「最初に飲んでいいよ」

「いや、いいですよ。僕は」

「いいから」

「じゃあ、ちょっとだけ」

先輩は半分飲んでいいと言うが、六百円ぶんもの液体を飲み干す勇気はない。僕はさっき買ったお茶のボトルのフタをお猪口のようにひっくり返して、ジュースをちょびっと注いだ。柑橘系の甘酸っぱい香りがする。くいっと一気に飲み干す。

「どうかな？　十倍？」

先輩が訊ねる。確かに普段飲むオレンジジュースより濃い。のどの渇く甘さだ。おいしい。でも十倍おいしいかと言われると、ううん。

「……六倍くらいですかねえ」

「六倍？　本当に？」

先輩は僕から瓶を受け取り、ラッパ飲みした。ううん、と唸ってから先輩は言った。

「六倍だね」

「六倍ですよね」

「なるほどねえ。六倍。確かにちょうど六倍おいしいなあ。これが向こう側の味かあ」

しみじみと感心しながらどんどん飲む。もうちょっと味わえばいいのに。あっという間に瓶は空になった。

「これは捨てずに持ち帰って『六倍瓶』として記念に飾ろう」

先輩は瓶をリュックの奥底にしまう。

「なんですか、六倍瓶って。電車来ますよ」

豆粒ほどの大きさの中央特快が遠くに見える。僕は立ち上がって、お茶をひと口飲んだ。舌に残ったオレンジジジュースの風味と混ざって変な味がした。

三鷹―立川

中央特快は速度を緩めず武蔵境駅のホームを駆け抜けた。東小金井、武蔵小金井と飛ばし、国分寺まで止まらない。僕の通う高校は武蔵小金井にあるから、いつも見慣れた光景が車窓の外に連なっている。

「武蔵小金井は、武蔵境と東小金井の間にあるべきだと思うんだ」

隣の新渡戸先輩が言う。

「なんでですか?」

「そのほうが連なりが綺麗じゃないか。武蔵境、武蔵小金井、東小金井。ほら、単語を一つずつ受け継ぐ形になる。たしか、ルイス・キャロルが考えたダブレットとかいう手法だったかな」

「その順番だと、東小金井が西側に来ちゃいますよ」

「だから何？」

「いや、別に」

そこは気にならないのか。

「そういえば、これから行く高尾山の標高はどれくらいだったかな」

「さあ」

先輩は携帯を取り出して何かを入力し始めた。たぶん「高尾山　標高」で検索しているのだろう。

「五九九メートルだって。大したことないなあ。中距離ランナーなら一分半くらいで頂上ってことになるし」

「まあ、重力を無視して垂直に走れるランナーがいるならそうでしょうね」

「それに、どうせなら頂上で盛り土をしたりなんかして、六〇〇メートルにしてしまえばキリもいいのにね」

「勝手に水増ししたらどっかに怒られるんじゃないですか」

「増すのは土だよ」

「じゃあ記録に土がつきますよ」

「うまい」

先輩は目を見開いて僕の鼻の頭を指さした。

「それは、思いついていたら自分で言いたかった」

こういうのは笑って受け流して欲しい。感心されると、恥ずかしい。

「なんにせよ、高尾山って名前は『高』がついてる割に高そうな感じがしないから、六〇〇メートル弱がお似合いだね」

「高そうな感じ、しませんかねえ」

「しないよ。『たか』は良いけど『おさん』のあたりがヘロヘロっとしてて、そびえ感が足りない。逆にものすごく高そうな山の名前は、雲仙普賢岳《うんぜんふげんだけ》。九〇〇〇メートルくらいあると思う」

エベレスト級じゃないか。

電車は武蔵小金井駅を過ぎた。いつもの朝ならここで降りるから、乗り過ごしたようで少しむずむずした。

「それにしたって、都築くんはいかにも都築って感じだね。名前と中身にギャップが全然ない。これで名字が道明寺《どうみょうじ》とか地場《じば》とか風早《かぜはや》なわけがない」

「……それは褒めてるんですか?」

「褒めてる」

「新渡戸先輩も、なんかすごく新渡戸って感じですよ」

「それは褒めてる?」

「褒めてないです」

先輩は「あ、そう」と言って視線を窓の外に向けた。そして住宅街を眺めながら
「国分寺は、国分寺って感じだなあ」と呟いた。

採点

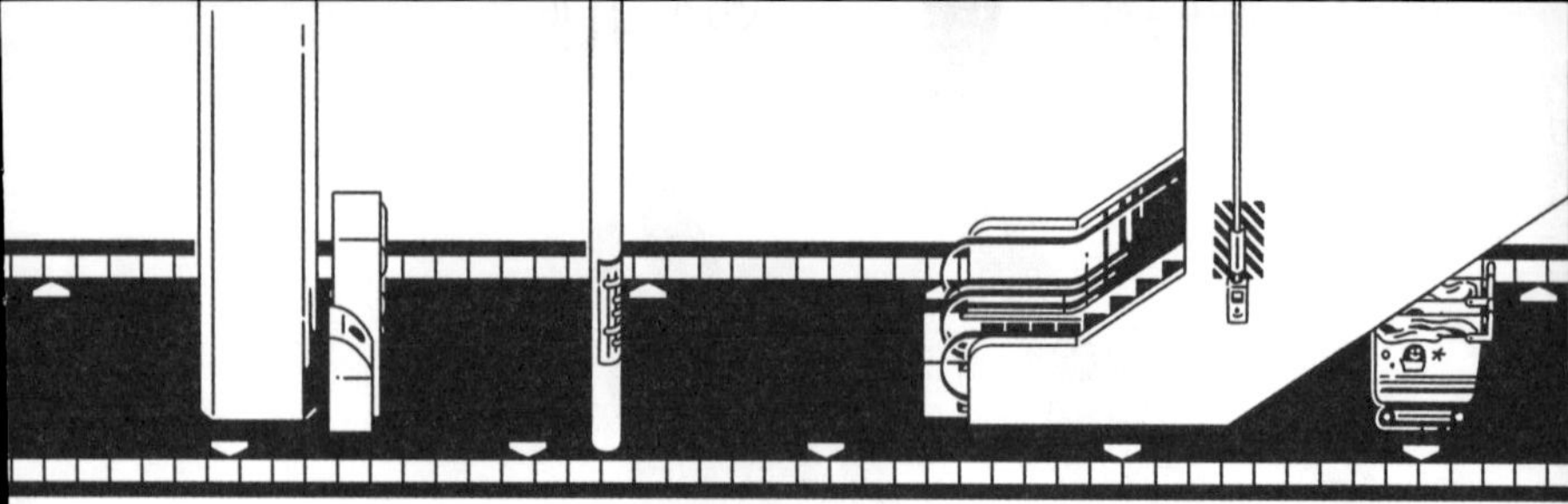

山崎佑都（やまざき ゆうと）・16歳・高校生

「じゃ、また明日な」

「うん、また」

ＪＲ新宿駅の通路で、僕は木野《きの》秀一《しゅういち》に別れを告げた。緑色の文字盤を見ると、もう夜七時を過ぎている。僕は11・12番線の階段を駆け上がった。

左を見ると、反対側のホームに秀一が立っているのが見えた。携帯を見ているから、こっちには気付いていない。僕はほっとして、秀一から見えない位置に移動した。一度別れてから顔を合わせるのは気まずい。今、無表情で携帯を眺める秀一は何を考えているんだろう……と思った。

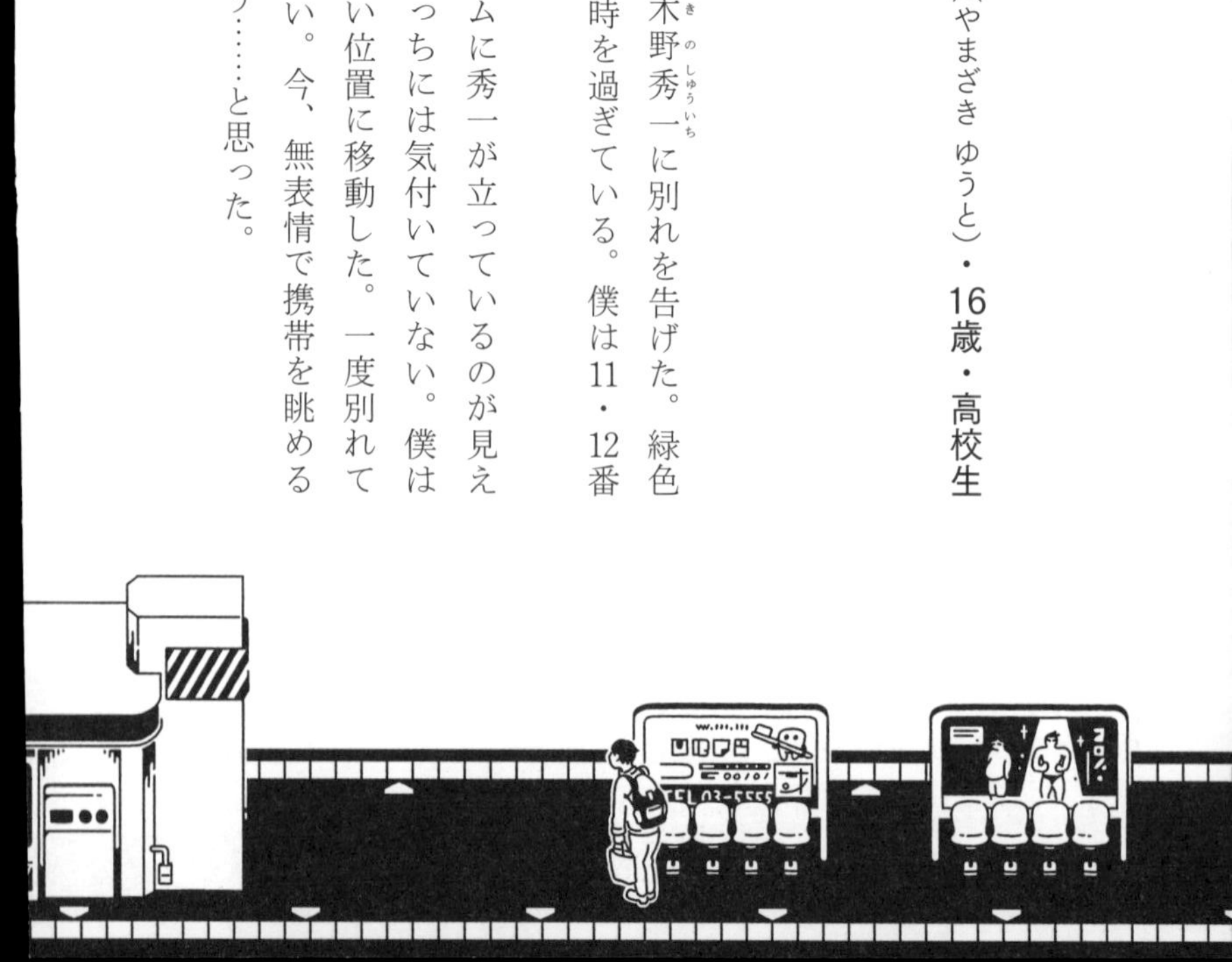

すぐに快速豊田行きがやってきた。わりと空《す》いている。

僕はリュックサックを抱きかかえて座席に深く腰掛けた。

国分寺まで座れるのは運がよかった。気付かないうちに溜まっていた一日の疲れが、バスタブいっぱいの湯に浸かったときのように溢れ出た。心地の良い疲労感に包まれ、深く息を漏らす。

今日は楽しかった。高校二年生になってから休日に僕と会って遊んでくれる同級生は秀一くらいだ。

僕も秀一もいわゆるオタクと呼ばれる人種だ。アニメ鑑賞と恋愛ゲームの攻略に一日の大半の時間を費やしている。僕にとって、秀一は趣味の話で盛り上がれる唯一の友達だ。でも、秀一にとってはそうじゃないのだろう。

僕は太っているし、背も低い。雰囲気も暗い。さらにオタク趣味となれば、冴えない要素のストレートフラッシュ成立である……なんて、ライトノベルの地の文みたいな比喩を頭

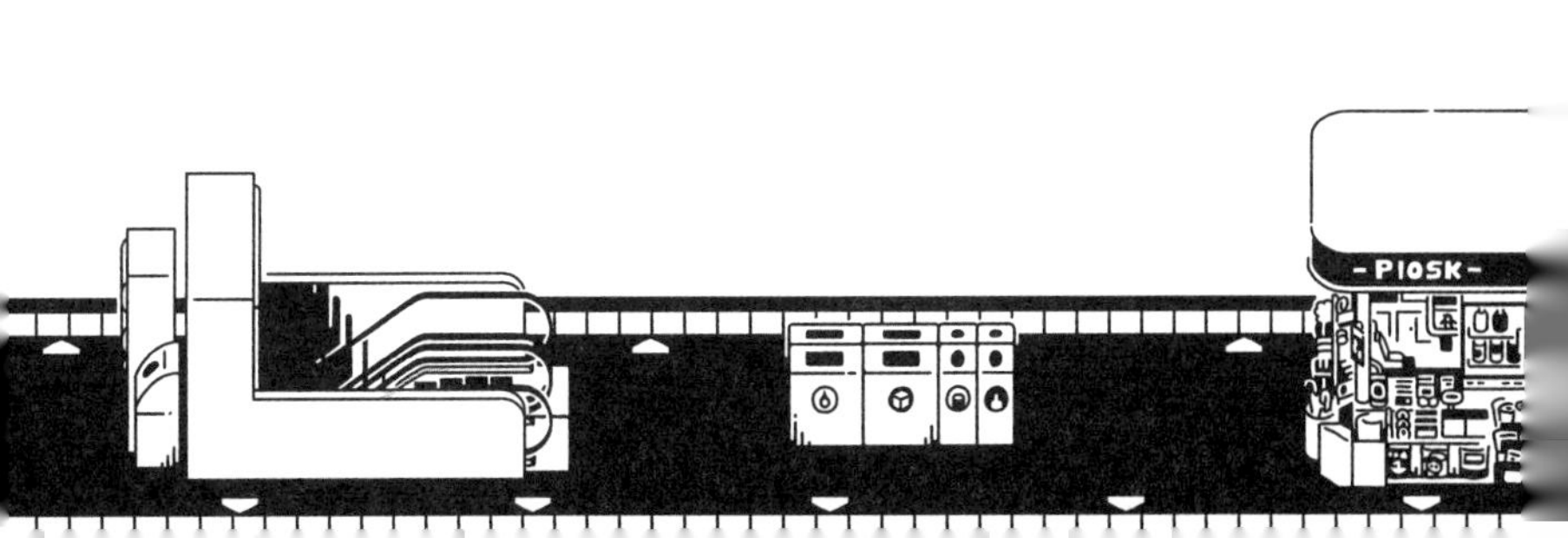

の中でこねくり回す内向性も加えれば、ロイヤルストレートフラッシュになる。

恋愛ゲームの中での僕は、女の子を相手に気の利いたことを言って「好感度」をぐいぐい上げることができる。でも、現実の会話は全くダメだ。生身の人間を前にすると思考停止する。そして、あとになってからあのときはああ話せばよかった、などと思って悩むのだ。

秀一は、僕と違う。痩せていて背が高く、性格は気さくだ。僕みたいにオタク趣味を隠したりもしない。かといって自分の世界に閉じこもることもなくて、豊富な話題で誰とでも当意即妙の会話ができる。もちろん僕以外の話し相手も多い。そう言うと完璧超人みたいだけど、どちらかと言えばクラスの中では目立たないほうだ。顔の輪郭が逆三角で首が長いからカマキリにちょっと似ている。不健康に手足が細長いせいで、余計そう見える。だから、まあ、別にモテない。でも、僕自身は秀一の頭の回転の速さや人当たりの良さに憧れがある。もちろん、本人にそれを言ったりはしない。

ガタゴトと揺られていると、頭に今日一日の出来事の記憶が蘇ってきた。

ああ、嫌だなあ。これは「採点モード」だ。今日一日の自分自身の行動を振り返り「採点」する、たちの悪いダイジェストが始まったのだ。僕はいつもこの無意識が開く反省会に悩まされているのだ。一体、今日の僕は何を間違えてしまった？　どこに落ち度があっただご購読ありがとうございました。
今後の資料とさせていただきますので
アンケートにご協力をお願いいたします。

voice

お買い上げの書名

ご購入書店

市・区・町・村　書店

本書をお求めになった動機は何ですか。

- □新聞・雑誌などの書評記事を見て（媒体名　）
- □新聞・雑誌などの広告を見て
- □友人からすすめられて
- □店頭で見て
- □ホームページを見て
- □著者のファンだから
- □その他（　）

最近購入された本は何ですか。（書名　）

本書についてのご感想をお聞かせ下されば、うれしく思います。
小社へのご意見・ご要望などもお書き下さい。

ご協力ありがとうございました。

おそれ入りますが、切手をお貼り下さい。

読者ハガキ

151-0051
東京都渋谷区千駄ヶ谷3-56-6

(株)リトルモア 行
Little More

ご住所 〒

お名前(フリガナ)

ご職業

□男 □女 才

メールアドレス

リトルモアからの新刊・イベント情報を希望 □する □しない

※ご記入いただきました個人情報は、所定の目的以外には使用しません。

小社の本は全国どこの書店からもお取り寄せが可能です。


[Little More WEB オンラインストア]でもすべての書籍がご購入頂けます。

http://www.littlemore.co.jp/

クレジットカード、代金引換がご利用になれます。

税込1,500円以上のお買い上げで送料(300円)が無料になります。

但し、代金引換をご利用の場合、別途、代引手数料がかかります。

正誤表

本書に下記のような間違いがありました。
訂正してお詫び申し上げます。

99ページ／1行目

【誤】　隅田　→　【正】　城島

ろうか。

今日は新宿駅前で秀一と待ち合わせて昼ごはんを食べた。アニメ映画を観て、アニメショップで本やグッズを買って、ハンバーガー屋で映画の話に花を咲かせた。そして気付いたら七時前だった。

俯瞰すればなんてことのない一日のように思える。しかし、採点モードの脳は細かいところで犯したミスを確実に思い出させてくれる。

まず浮かんできたのは、服屋での風景だった。そういえば映画が始まるまでの空き時間に服屋へ行った。秀一に連れられて入ったのだ。母親がスーパーで買ってくる服ばかり着ている僕なんかと違って、やっぱり秀一はこういう店で自分をコーディネートしてるんだと知り、内心軽く落ち込んだのを憶えている。アニメとゲーム「しか」ない僕と、アニメとゲーム

「も」ある秀一との差を見せつけられた気分になったのだ。

「これ、どうかな」

秀一は迷いのない動きでハンガーラックに掛かったシャツを手に取り、尋ねた。鮮やかな紫色のボーダーシャツだ。それは、僕には少し派手すぎるように見えた。自分で着る勇気は出そうにない。僕は半笑いで言った。

「なんかさ、海外のグミみたいじゃない？」

「……そうかもな」

と言って、秀一はそのビビッドなボーダーシャツをラックに戻した。

「なんかさ、海外のグミみたいじゃない？」「……そうかもな」

「なんかさ、海外のグミみたいじゃない？」「……そうかもな」

なぜか、頭の中でこのやり取りが繰り返される。何度も何度も。直感が告げていた。

きっとここで僕は何か「間違えた」のだ。

そしてすぐに、あることに思い当たった。

秀一が履いていたスニーカーは鮮やかな紫色じゃなかったか？

背中に冷たいものが流れた。あのとき秀一は何も言わなかったが、心の中ではどう思っていただろう。

よく考えれば、秀一は派手な色あいの服を着ていることが多い。黒っぽい服ばかりの僕とは反対に、秀一は原色や柄物を好んで着る。今日も赤いポロシャツだった。僕はそのセンスそのものを否定してしまった。間違えた！

今思うと無意識に張り合おうとしていたのかもしれない。僕よりお洒落を知っている彼に嫉妬し、変な喩えで美意識を誇示して失敗したのだ。

今からメールで謝ろうかと思ったが、すぐにやめた。些細すぎて今さら謝るのは不自然な気がする。でも、取り返しがつかないのは、いつも些細なことなのだ。僕は頭を抱えた。走る電車が秀一との距離をぐんぐん離し、僕を猛スピードで間違えさせているような気がした。

一度採点モードに陥るとなかなか抜け出せない。次から次へと間違えた瞬間が脳内のスクリーンにスライドとなって映写される。

あのとき。

上映後に僕が「前の客の頭が邪魔で見えにくかった」とぼやいたとき。秀一の身長が一八〇センチ近くあることを忘れていた。

あのとき。

アニメショップで、新作アニメのポスターを見た秀一が「これ見てる?」と言ったとき。僕は「作画酷くてさ、一話見て切ったよ」と言った。そのあと、秀一が買っていた本の中に、そのアニメのコミカライズ作品があった。

あのとき。

ハンバーガー屋で僕が「自室の窓の桟にキノコが生えていた」という話をしたとき。秀一は笑ってくれたけど、よく考えると前にも同じ話をしたような気がする。

あのとき。

ハンバーガー屋で僕があれこれ喋るのに夢中になっていたとき。秀一はときどき携帯の画面を確認していた。「もう七時近いね」と切り出したのは秀一だった。

そもそも。

本当に秀一は映画を観に行きたかったのか。今日見たアニメ映画はテレビシリーズのスピンオフ作品だが、秀一がそのシリーズのファンなのか、そういえば、聞いていない。もしテレビシリーズを見てすらいなかったとしたら……今日の秀一が聞き役に徹してくれたのも、そういうことか？

間違えていた。また間違えていた。いつも手遅れになってから気付く。自分の無神経さが嫌になる。それなのに、秀一は逆三角の顔に笑みを絶やさなかった。その優しさが僕の間違いを取り返しのつかないものにするというのに。

現実が、恋愛ゲームみたいだったら良かった。僕は切実に思った。

恋愛ゲームに出てくる女の子たちはとても正直だ。僕の一言が気に障れば「何それ、どういう意味？」とすぐに怒りを示してくれるし、気に入れば頬を赤らめてそれに応えてくれる。

好悪がはっきり目に見える。ときには容赦なく「今日のデート、あんまり楽しくなかったわ」と言われ傷つくこともあるが、相手が何を考えているか分からないよりずっとマシだと思う。僕は美少女と仲良くなることだけが楽しいのではなく……いや、それはそれで楽しいけど、本当は、「正解」のあるコミュニケーションが楽しいんだ。

現実はそこまで親切じゃない。頭上に好感度を示すメーターが表示されたりはしない。僕に向けられた感情は、本人の中で静かに、しかし確実に動き続けている。光の届かない鍾乳洞で満ち引きする潮を連想した。真っ黒い液体が秀一の心を満たしていたとして、僕はそれを知ることができない。

明日、どんな顔して秀一に会えばいいだろう。

そもそも秀一にとって、僕は友だちなんだろうか。

僕は明日……

リュックサックを抱いて揺られているうちに、僕は浅い夢の中にいた。どうやら服屋にいるようだ。

紫色のボーダーシャツを手に取った秀一が僕に尋ねている。

「これ、どうかな」

と、同時に、秀一の腹のあたりに、半透明のウィンドウと、三つの選択肢が表示される。

①　なんか海外のグミみたいじゃない？

②　まあまあかな。

③　秀一なら似合うと思うよ。

僕は③を選んだ。秀一は嬉しそうに笑った。正解だったみたいだ。

そのあとも、要所要所で選択肢が表示され、僕は躊躇なく正解を選んでいく。三択から秀一が喜びそうな行動を取る。幾度となく遊んだ恋愛ゲームと同じ。簡単なことだった。秀一

が興味を持ったアニメをそれとなく褒め、クーラーから遠い席を選んで座る。自然と会話も弾む。僕は楽しかった。正解を選んでいるという自信があった。

日が暮れていた。もう帰らないと。

「もうすぐ七時だね。そろそろ……」

街灯に照らされた秀一が、僕を真剣な目で見ているのに気付いた。

「あのさ……」

なぜか秀一の頬が赤く染まっていた。見ると、秀一の頭上に浮かぶメーターがピンクのゲージで満たされている。

「俺……前からお前のことが」

秀一は巨大なカマキリに変化していた。その顔が、ゆっくりと近づく。巨大な複眼が鼻の先まで迫り、長い鎌が僕の腰を優しく抱き寄せた。

やめてくれ。

そういうつもりじゃないんだ。

身をよじるが、動けない。いつの間にか僕はコオロギになっている。カマキリは、その大顎を僕の首筋に突き立てた。

「うっ」

呻き声を上げて目を開けると、電車の中だった。前に立つサラリーマンが横目で僕を見ている。声が出てたか。僕は恥ずかしさに俯いた。まさかこんな夢を見るとは。まだ、心臓が高鳴っている。とりあえず、紫のシャツのことは明日謝ろうと思った。

次は西国分寺――アナウンスが車内に響く。

立川 ― 高尾

国立から立川まで、新渡戸先輩は無言でバナナ豆乳を吸い続けていた。車両が立川駅を発ったあたりでようやくストローが「ずぞぞ」という音を立て、内容物が底をついたことを知らせた。先輩は紙パックを平たく折りたたみながらあごをしゃくった。

「あの人」

先輩の視線の先には、向かいの座席の端に座っている二十代半ばくらいの女の人がいた。イヤホンをつけて携帯を見ている。

「何駅で降りるか当ててみせようか」

僕は声を潜めて聞き返した。

「分かるんですか？」

「八王子だよ」

先輩は迷いなく断言した。ホームズのような口ぶりだ。僕は改めて向かいの女性を観察してみた。ぱっと見だと、八王子で降りると予測できそうな手がかりは特に見あたらない。服装はありふれた感じだし、カバンから定期券がぶら下がっているとか、そういうことはない。でも先輩には、彼女が八王子で降りると分かっているらしい。僕だけ見落としている何かがあるのか？　僕はさらにまじまじとその人を見つめた。ワトソンの役回りはいやだ。

「日野、日野」

アナウンスが流れる。電車が日野駅に停車した。すると、例の女の人は携帯をたたんで立ち上がり、ホームへ降りていってしまった。僕は後ろ姿が見えなくなるのを見届けてから先輩に突っ込んだ。

「降りちゃったじゃないですか！」

「あれ、おかしいな」

先輩はたたんだ紙パックを弄びながら不思議そうに言う。

「何を根拠に八王子で降りるなんて言ったんですか！」

「八王子で降りそうな顔してたのにな」

僕はうなだれるしかなかった。先輩が横目で僕を見る。

「都築くん、あきれてるね」

「今までも何度か」

「でも今回のはあの人が間違ってるよ。自分は分かるんだよ、こういうの。あの人は確実に八王子顔だったんだ。なのに、運命に背いて日野で降りたのがいけない」

「……先輩って、事件を解決しない名探偵ですよね」

僕は思わず、先輩に抱いていた印象をそのまま口にした。

「え、どういう意味？」

先輩はその言葉に興味を示したらしく、顔を近づけてきた。

「うまく説明するのは難しいですけど」

「下手でいいよ、詳しく教えて」

困った。先輩と違って僕はこういう説明が苦手だ。でも先輩は黙って僕の顔を見て、話すのを待っている。仕方なく、説明を試みることにした。

「あの、何考えてるか分からないっていうか、もったいぶってる感じが、かな。含みがある？　って言ったらいいのかな。えっと、僕、学校から帰ってきたらまずテレビを点けるんです。そうするとたまに『名探偵コナン』をやってて、なんとなく観ちゃうんですけど、僕が観るときに限って前編なんです。人が殺されて、手がかりを見つけて、分かったぞ、続くってところで終わるんです。それでなぜか解決編に限って必ず見逃すから、いつもすごくモヤッとしてるんです」

「うん」

あれ、なんの話をしてるんだ、僕は。

「いや、今のは喩えとしてはアレですね。アレですけど、でもなんか、先輩と話すとそういう感じがあります。やっぱり、探偵っぽいんじゃないかなと。探偵って、僕も別に詳しいわけじゃないですけど、身のまわりの事件には関わっても、自分自身のことは何も言わないじゃないですか。古畑とか、右京さんとか。なんか先輩もそうじゃないですか？　掴みどころのない感じが、なんか……」

「本当に説明が下手だね」

「すいません」

僕自身、話しながらひどいな、これは、と思った。思ったことの十分の一も言えていない気がする。新渡戸先輩は、うーん、と唸った。

「自分も欲しいな、掴みどころ」

そして、ぺらぺらの紙パックに刺さったストローをくわえて、意味もなく吸いながら言った。

「でもね……自分は探偵じゃなくて、犯人だと思うよ」

往復路

成田絵里子（なりた えりこ）・27歳・通信機器メーカー勤務

エジプトのピラミッドは、とても大きく美しい角錐《かくすい》だと聞く。でも、私はエジプトに訪れることなく一生を終えるのだろう。行こうと思えば実現できる。思わないだけだ。これからもたぶん思わない。そういうことを私は「できない」と表現したりする。世界には、私が足を踏み入れることができない場所が無数にある。

八王子に引っ越し、衛星放送のチャンネルに加入してからは、海外のドキュメンタリー番組ばかり見ている。ファラオとピラミッドの謎を巡る番組が終わり、次に始まったのは、世界に生息する動物を紹介する番組だ。

オーストラリアではたまにワニが人を襲うと専門家が言った。私の頭の中で、水面から目をのぞかせ、鼻からぶくぶくと泡を出すワニがイメージされる。あんなものが近所にいる生活って、どんなだろう。猛ワニ注意の看板があるのかもしれない。猛でないワニとは。海外番組はカットの繋ぎが目まぐるしい。次はアフリカの特集。どこかの部族が土を掘り起こしてアリを捕まえ、蜜が溜まってビー玉ほどに大きく膨らんだ腹をおいしそうに頬張っている映像が映し出された。思わず味を想像してしまう。子供の頃、近所に生えていた木イチゴを食べたことがあるけど、あんな味がするのだろうか。もっと酸っぱいような気もする。よく分からない。蜜を味わった部族の少年は、そのあと抜け殻になったアリの死骸をプッ、と吐き出していて、あ、小さいぶどうを食べる私と同じ動作だ、と親近感を抱いた。

世界は広い、とよく言われる。その反面、イッツ・ア・スモールワールド、とも言われる。その日の夜、ベッドの中で世界の広さについて考えた。

私が明確にイメージできる「世界」は、このワンルーム。アパートから駅までの道のり、駅周辺の、よく行くスーパー。服屋。本屋。会社と、会社がある吉祥寺駅周辺のいろんな店。あと実家。昔行っていた学校。修学旅行で行った京都。海外には行ったことない。以上。あれ、思ったより狭いな、と考える前に寝ていた。

翌日の朝は、駅に向かうバスの中で、世界が一枚の大きな白紙だったら、と想像した。私が生まれてから今までの、平面上の動きの軌跡をそこに描いていく。日本から出たこともない私の軌跡は紙にくらべてとても短い。そして同じ線を執拗になぞる。何度も、何度も。おそらく完成図は、白紙に小さなスチールウールを落としたような見た目になるはず。それが私の世界の全てだ。世界は私一人が歩くには広すぎる。

昨夜のドキュメンタリー番組に出ていた冒険家を思い出した。彼の軌跡を白紙に描いたら見違えるだろう。紙の端から端へ、なめらかな曲線をスッと引く。西から東へ。東から北へ。肩まで使ったダイナミックな作図だ。

バスを降りて、八王子駅へ歩いた。見慣れた光景が広がる。というより、家を出てからずっと、見慣れた光景が広がり続けている。改札へ続く階段を上った。ここを通るのは今日で何度目だろうか。四年前に引っ越してからほぼ毎日だから、少なくとも千二百回は超えている。その数の多さに、上りながら軽いめまいがした。あ、帰り道でも通るのか。だから二倍して二千四百回。

二千四百回。私は、同じ線を二千四百回なぞってきた。紙だったらやぶけているところだけれど、この階段は頑丈なコンクリートでできていて、ヒビ一つ入らない。きっとここは、私が何千往復もすることを前提に作られた施設だ。

改札を前にして定期券を取り出す。取り出すタイミングは、改札の五歩手前。定期券は八王子―吉祥寺の印字が薄く消えかかっている。撫でるような動きで定期券を改札にかざし、駅構内に入った。こういう動作に慣れれば慣れるほど、私がピラミッドを背にして立っているビジョンに靄がかかる。それは特に、悲しいことではないはずだとも思う。だって私は、たいしてピラミッドに興味がない。

ホームのベンチに座って電車を待つ。掲示板の路線図が目に入った。色とりどりの線がごちゃごちゃと入り乱れ、絡み合っている。こうして見ると、近所だって未知の場所ばかりだ。もう四年も八王子に住んでいるけれど、隣の西八王子駅で降りたことが一度もない。通勤は反対方面だから。

西八王子駅前に噴水があるのかどうかとか、最寄りのハンバーガー屋はどこにあるかとか、私はそういうことを何も知らない。なまじドキュメンタリー番組でよく見ているぶん、エジプトの遺跡のほうが馴染み深い気さえする。少なくともディスカバリー・チャンネルが西八王子を特集しているのを見たことはない。私にとっては西八王子のほうがよほど秘境だ。

かといって、八王子の東隣の豊田駅にも用があったことはない。うとうとしていたとき、八王子駅と間違えて降りてしまって慌てて車内に戻ったことが一度あるだけ。私にとっての豊田駅は「八王子ではない、紛らわしい駅」でしかない。「偽八王子」に改名してくれても構わないくらいだ。

さらに路線図を目で追う。その隣の、日野駅もそうだ。間違えて降りたことすらないはず。と思ったが、何か引っかかるものを感じた。

私は、日野駅で降りたことがある気がする。それも、間違えて降りたのではなく、何か用事があって。

口に手を当て、んん、と考えを巡らせる。少なくともこの一、二年ではない。それよりももっと前に、何かで。

「首藤《すどう》さん」

意識してか、無意識にか、私は唇を小さく動かした。それと同時に、堰を切ったように当時の記憶が溢れ出てきた。堰を切ったように、の「堰」がどのようなものか知らないのに、今はまさに「堰を切ったように」がふさわしく思える。確かに私は一度だけ日野で降りたことがあった。

七年前、私は大学生だった。多くの大学生がそうであるように、サークルに所属していた。「かざみどり」という、幼稚園や児童館の子供に人形劇を見せる、のほほんとしたサークルだ。その「かざみどり」に二ヵ月だけ在籍していたのが、首藤みゆきだった。

彼女は私と同学年で歳は一つ上だったため、私は「首藤さん」とさん付けで呼んでいた。

首藤さんは六月の中途半端な時期に加入してきた。もともと山岳部に所属していたが辞めたのだという。その理由は、たぶん聞いていない。常に裏方を探している「かざみどり」は彼女を喜んで受け入れた。

首藤さんの髪は黒くて長かった。いつもそれを後ろで一つに縛っていたが、たまに縛っていないこともあった。肌は少し浅黒く、煙草をいつも吸っていた。なんとなく、未成年の頃から吸っていたんだろうなと思わせる吸い方だった。きっと十六歳くらいからだ、と当時の私は勝手に決めつけていた。別に、不良っぽい人だったわけではない。むしろ、人懐っこいほうだ。子供の扱いも慣れていたし、よく喋るし笑う。それでも、私や「かざみどり」のメンバーのような人間とはどこかが違っていた。今彼女が笑っているのはただの偶然に過ぎなくて、何かのタイミングがズレれば今にも私たちに噛み付くのではないか、という危惧を抱かせる雰囲気があった。そういえば彼女は少し豹に似ていた。他のメンバーもそれを感じていたのかは分からないが、「かざみどり」の数人のメンバーは首藤さんと決定的に打ち解けることは

なかった。
首藤さんが「かざみどり」を辞めていたと知ったのは夏季休暇が始まってしばらく経った頃だった。サークルどころか、大学ごと中退していた。突然のことに私を含めたメンバーはみな驚いたが、心の隅では、それが当然の結果のような気もした。私は首藤さんを嫌いではなかったが、なんとなく、彼女自身のサークルでの居心地の悪さみたいなものを肌で感じていた。それは大学自体への居心地の悪さでもあったのかもしれない。一ヵ月もすると、私は首藤さんのことをすっかり忘れていた。
十月に差し掛かった頃、首藤さんから唐突にメールが届いた。「久しぶりに会えない?」という内容だった。私は彼女と特別仲がよかったわけではないから戸惑ったけれど、首藤さんが特別仲よくしている人も思い当たらなかった。断る理由もなかったので、会うことにした。そのとき首藤さんが待ち合わせに指定したのが、どういうわけか、日野駅前だった。
久しぶりに会った首藤さんはショートヘアになっていた。

「なんとなく思い出して連絡しちゃったんだけど。迷惑じゃなかった？」

と、彼女は言った。それに「全然」と返した私は、それが本心のはずなのに、なぜか少し、後ろめたい気持ちになっていた。

そのあと、もう名前を忘れた喫茶店でお茶をした。小さくて古い店で、私が「行きつけ？」と訊くと、彼女は「あたしも初めて」と言った。私は最初、彼女が何か相談事を持ち掛けてくるのではないかと身構えていたが、本当に他愛のない話をするためだけに呼んだようだった。大学を辞めたあと、製材所に就職したが、それもすぐに辞めて、今はフリーターなのだという。

「あたし、何やっても長続きしなくてさあ」

と言いながら煙草に火を点けた首藤さんは笑っていた気がする。

「なんかね、飽きちゃうんだよね。ん、飽きるとも違うな。分かっちゃうっていうか」

「何を？」

「最初は何やっても面白いんだ。でもしばらくすると分かっちゃうの。『ああ、これはこういうことね。ハイハイ』って。そうするともう、気分的にはお腹いっぱいなんだよね。満足しちゃって、どうでもよくなる。そういうことってない？　あたし、スーパーに買いものしに行くときはやる気マンマンなの。『卵と豚肉と牛乳買って……』って。でもスーパーに着くと一気に冷めるんだ。このお店に卵も豚肉も牛乳もみんな揃ってるなら、もう、いいかって」

「家の冷蔵庫は空っぽでも？」

「うん。見るだけで満足して、帰ったこともある。わけ分かんなくない？」

「それはわけ分かんない」

私と首藤さんは笑った。交わした会話で、覚えているのはこれだけだ。その日以来、首藤さんとは会っていない。七年経って、もう定職についただろうか。それとも、まだどこかでふらふらしていたりするのだろうか。

電車がホームに滑りこんできて、停まった。私は立ち上がって、いつもの四号車に乗り込んだ。また、大きな白紙の世界のことを考えた。首藤さんの軌跡が描く線は、あっちへ行って、こっちへ行って、いずれどこかに戻ってくることはあるのか。電車は日野駅を通り過ぎていく。窓越しに日野の街並みを見て、たぶん、首藤さんはもうここにはいないと思った。もっとどこか遠くの……と考えたところで、ピラミッドを背にして立つ首藤さんの姿が頭に浮かんだ。私はその情景が妙にしっくりきて、彼女が今頃エジプトにいたら嬉しいなあ、と強く思った。

新宿
ツ谷
ノ水
TOKYO
TOKYO
TAKAO
IC

立川
野
田
子

高尾山

授業中、前席の人の後頭部を眺めながら、よく考える。

「何を考えているんだろう」と。

板書を見るために、ノートをとるために、刈り上げた頭が上下する。たまに壁の時計のほうを向く。一定の動きの繰り返しは、遊園地の機械人形のように見える。にもかかわらず、彼は何かを考えている。わずかな首の傾きは「今のところ、書き写し損ねた」「あと何分で授業終わるかな」といった思考の反映だ。人形とは違う。

この教室の中には三十四個の脳があって、三十四の思考が渦巻いている。思考はそれぞれ独立していて、誰かの考えと混じり合ったりはしない。

その事実に気がついたときのことは、はっきりと覚えている。

あるときまで世界には私しかいなかった。

あの日、私は幼稚園の裏庭に咲いた朝顔を見に行こうとしていた。ピンク色の小さいサンダルを履いてまぶしい日差しを浴び、ふと立ち止まった。逆光で陰になった園児たちの背が遠ざかっていくのが見えて、私は気がついた。

私以外の子たちも、みんなみんな「考えている」！

そのとき、なんの前ぶれもなく世界に他人が現れたのだ。呆然として、しばらく動くことができなかった。

以来、そんなことばかり考えるようになった。特によくやったのが、思考を透視する妄想だ。人の心の中を好き勝手に想像して楽しむ。つまり、テレパシーごっこだ。高校に進学し、登校に中央線を使うようになると、満員の一車両に百を超える人間の脳がひしめいていることについて考えた。しかも、脳はそれぞれに全く違うことを考えている。数百の思考が猛スピードで平行移動している光景。それは自分の心を捉えて離さなかった。

「でも、やっぱりおかしくないですか、先輩」

私の背後で、都築の訝《いぶか》しげな声が聞こえた。

「普通、高尾山で集合っていったら、高尾山のふもとじゃないですか。なんで山頂で集合なんですか」

私は振り返らず、朝からしてきたように出まかせを述べた。

「さあ、自分もよく分からないけど。山頂から始めて、ふもとに下りながらフィールドワークをするのが目的なんじゃないかな。家電量販店に行ったときとかさ、まず最上階まで行って、一階ずつ下りながら順番に各階を見て回ったりするじゃない」

「僕はしないですけど」

「ああ、そう」

都築は明らかに不審に思っているようだった。すでに登山口に入ってから十五分ほど歩いている。私たち二人は砂利混じりのなだらかな坂を登りながら、もう会話も途絶えがちだった。木々の間を抜けてきた日光が顔に当たって汗が一筋流れた。

しばらくして、また都築が口を開いた。

「乗ったほうがよかったんじゃないですか、ケーブルカー」

少し息が荒くなっている。見るからに華奢《きゃしゃ》な都築は、やはり運動は得意ではないようだ。

「お金がもったいない」

「でも待たせちゃいますよ」

「いや、大丈夫」

山頂に着けば、私の嘘が明らかになる。

それまでに片をつけなければいけない。

傾斜がきつくなってきた。登山者用に道は整えられてはいるものの最小限で、思いのほか足首に負担がかかる。自分でも少し疲れているのが分かった。都築には尚更きついだろう。

「山が低くならないのはどうしてだろうね」

疲れを紛らわすために、都築に話を振った。

「えっ?」

「昔から疑問だったんだ。山の高いところにある岩が転がり落ちることはあっても、低いところにある岩が『転がり上がる』なんてことは、ほぼあり得ないはずでしょ。ということは、山は徐々に低くなってるべきだと思うんだよ」

都築はあっさりと答えた。

「じゃあ低くなってるんじゃないですか」

「富士山も三七七六メートルより低くなってるってこと？　そんな話、聞かないけどな」

「いつまでもヒクソンが四百戦無敗を名乗ってるようなものじゃないですか」

「その喩えはどうだろう」

そう言いつつも、内心では気に入っていた。都築はたまにこういうことを言ってくれる。「共感」の意を込めて、私はそれに思いつきを付け加えた。

「でも四百戦無敗に関しては別に間違っていないのかもしれない。たとえば五百戦した時点で四百勝百敗だったとしたら、五百戦から『勝った四百戦』だけ取り出せば『四百戦は無敗だった』という意味で『四百戦無敗』はギリギリ嘘じゃない。なんなら千試合して四百勝しかできなかった場合だっていいし……」

都築が笑いながら言った。

「新渡戸先輩って、いつもそんなことばっかり考えてるんですか？」

胸がずきりと痛んだ。少し歩きすぎたかもしれない。

「いや。ほかにも色々考えてるよ。……人生のこととか」

「はあ」

「そろそろ休憩しようか。あそこにベンチがある」

座って水筒のお茶で喉を潤した。腿に溜まった痛みが幾分ほぐれた。山あいを抜ける風の涼しさが分かり、心地がいい。

「あれ、先輩、水筒持ってたんですか」

都築が目を丸くして言った。

「じゃあ、なんで三鷹で飲み物なんか買ったんですか」

そのせいで乗り遅れたのに、という抗議の意が感じられた。

「馬鹿だな、水筒は山で使うから様になるんじゃないか」

私はそう言って口元を拭った。手の甲に水滴がついて光った。

「遠足を思い出すな。高尾山には小学校の遠足で一度来たことがあるよ」

「あ、そうだったんですか。僕は初めてです」

「もうほとんどおぼろげだけどね。むしろ、それを作文に書いたときのことはよく覚えてる。全然うまく書けなくて、何を書いていいか分からないと担任に言ったら、思ったことをそのまま書けばいいと返されて」

「それで、どうしたんですか」

「『自分が何を思ったか教えて』と言った」

ふは、と都築は声を出して笑った。

「その頃からそんな感じだったんですね」

そう。私はずっと、こんな感じだ。

「結局『楽しかった。また行きたいです』みたいなことを書いたな」

都築は訊いた。

「実際、楽しかったんですか」

「それは忘れた」

座っている間にも、何人もの登山客が目の前を通り過ぎていく。

「遠足のときは、凍らせたスポーツドリンクのボトルを持って行ってたな」

「僕もそうでした」

「午前中は飲もうと思っても全然融けてないんだ」

「ああ」

「全く融けていない氷のかたまりを舌の先で頑張って舐めるんだ。それで、ボトルを逆さまにすると、融け出した液体がわずかに垂れてきて、それがとても甘いんだよ」

「ああ。懐かしいですね。ボトルの中の氷を舐めた後は、舌先が少し痺れて痛いんですよね」

「そうそう。完全に融けた後は味が薄くなってるんだ」

「『あるある』ですね」

私は少し笑っていた。都築が言った。

「半分融けて半分氷の状態でボトルを振ったときに鳴るカラカラした音が好きでした」

「分かる。外見も好きだな。瓶に船を閉じこめたボトルシップってあるけど、あれは流氷を閉じこめたように見える。これも『あるある』かな」

「僕は分かりますけど、『あるある』かは微妙ですね」

「都築君が共感したならそれでいいけどね」

むしろ「あるある」でないほうがいいと思った。

「そろそろ行こうか。歩ける？」

「はい。もう大丈夫です」

ベンチをあとにして、横並びでまた歩き始めた。傾斜に慣れてか、心持ち休憩前よりも歩きやすい気がした。道が細く、茂った緑が濃くなってきた。すでに頂上を堪能したらしい下山者と次々にすれ違った。

「こんにちはー」

中年の女の人がにこやかに声をかけてきた。

「こんにちは」

「こんにちは」

登山者同士は挨拶するのがマナーだという。下山者と次々すれ違いながら、絶え間なく「こんにちは」を繰り返した。行楽中の老人が多い。都築が言う。

「僕、もう挨拶疲れしてきました」

「うん。頂上から人が湧いて出てきてるような気がしてきた」

「え、どういうことですか」

「考えたことない？　たとえば自分が道を歩いているとき、曲がり角からスクーターが走ってくるとする。その人は、ちょうど曲がり角で突然世界に現れたんだ、みたいなこと。だから自分を追い抜いたらそのスクーターはパッと消えてしまう」

「はあ」

「電車……中央線なんかでも、そう思うんだ。いつも人がみっしり乗っているけど、乗客たちの全員が電車に乗るべき理由をそれぞれ持ってるってことが、とんでもないことみたいに思えるんだよね。乗客の足の裏が床に固定されていて、ずっと往復しているだけだったりしたほうが、ある意味で納得が行くような気がする。そういう感じって分からないかな」

都築は口の下のあたりを掻いて言った。

「ちょっとよく分からないです」

私はひどくがっかりした。こんなにがっかりしたことに、自分で驚いた。


一号路を半ばまで登って、ケーブルカーが到着する地点と合流した。これに乗っていれば数分のところを、歩いて五十分ほどかかっている。時刻は十一時過ぎだ。

「あ、展望台ですよ」

展望台に併設している売店で「天狗ドッグ」を二つ買った。二人で白いベンチに座って、眼下の景色を眺めながらパンとソーセージをかじった。

「普通のホットドッグですね」

「普通のおいしさだな」

都築はもう最後のひとくちを口に放り込んで言った。

「なんで高尾山は天狗なんですかねえ」

「ゆるキャラがいたほうが商売がしやすいんじゃないかな」

「ゆるくはないですよ」

そういえば、と言いかけて言葉に詰まった。天狗の鼻の穴はどの位置についているんだろうね。鼻の付け根だろうか。先端のほうだろうか。そんなことを言おうとしたのだが、胸の上あたりで引っかかり、出てこなかった。

私はそんなことを話すためにここまで来たのではない。立ち上がり言う。

「じゃあ、行こうか。ペポ」

「だから、その呼び方やめてくださいよ」


歩きながら横目で都築を見た。表情からは考えを読み取れない。何も考えていないようでもあり、全て見抜かれているようでもある。

私は嘘をついている。山頂に登ってもほかの部員はいない。そもそも今日の課外活動などない。全ては都築をここに連れてくるために私が仕組んだことだ。同じクラスなのを利用して、自然科学部の部長が席を離れた隙に携帯を借り、都築にメールを打った。送信履歴は削除してある。

嘘が明らかになることは怖くない。もともと隠し通すつもりのない嘘だ。すでに上手くいきすぎているくらいだ。今までにも、いくらでも計画が破綻するきっかけはあった。怖いのは、ここまで手を尽くしたうえで都築が私の手から逃れて行ってしまうことだった。そうなれば、私は一人でこの山を下りることになる。

都築がジーンズの腿のあたりを撫で、登山客たちを見て言う。

「登山だと分かってたら、チノパンとかで来たのになあ。新渡戸先輩なんかスカートですもんね。歩きにくいんじゃないですか」

「スカート？　ああ」

都築が何を言っているのか一瞬分からなかった。普段はズボンばかり穿いているせいで、今日の私がスカートなのを忘れていたのだった。

「いや、これはトレッキング用のスカートだから。撥水《はっすい》性もあるし」

「えっ」

都築が言った。

「先輩は今日登山だって知ってたんですか?」

しまった、と思った。

「知らなかったけど、課外活動なら山歩きの可能性だってあるじゃない。自然科学部なんだから。それにこれ、普段穿きのスカートだし」

「はあ」

言い訳がましく聞こえてないだろうか。実際、言い訳なのだけど。

「でも、先輩ってスカート穿いてるイメージ無かったです」

「制服もスカートなのに?」

「僕のイメージでは、私服は男っぽい感じかと思ってました」

実際、普段はパーカーとジーンズばかりなので都築の想像は当たっていたが、当てられるほうとしてはあまり愉快ではなかった。だから、少し意地の悪い返答をした。

「それは、新渡戸一葉《かずは》に女性らしさが欠けているということかね」

都築が目を見開いて叫んだ。

「先輩、女性らしくありたいとか思ってたんですか⁉」

言われてみれば、全然思っていないのだった。というよりも、自分が何からしくあろうなんて一度も考えたことがなかった。

「いや、特には、ない」

「あ、ですよね。新渡戸先輩はそういう感じじゃないですもん」

なぜか都築は安心したような口調で言った。どういう感じだというのだろう。

なだらかだった二号路から分岐し、四号路に入った。道が細くなり、急な段差が増える。生い茂った木々の密度が増している。すぐ横は崖だった。狭まる道に合わせて、縦に並んで歩いた。前を都築が歩く。

互いに無言だった。

都築の後頭部を見ながら歩いた。

（都築くん）

私の頭の中で私が話し始めた。

（チノパンのチノはチャイナという意味だそうだよ）

（都築くん）

（シュークリームにかじりついたときに、底の穴からクリームが漏れ出してアゴあたりに付着する問題の解決策を知っているかな）

言葉が音になる前に口内でしぼんでいく。

（都築くん）

（ゴリラの血液型はみんなB型という豆知識は有名だけど、最近はB型じゃないゴリラも見つかっているらしいよ）

（都築くん）

（人の心を操るって可能だと思う？）

（この前、コンビニで売っている五百円のペーパーバックを買ったんだ。『人を操るブラック心理テクニック』とかいう、黒表紙に黄色い明朝体が躍っている本だ）

（内容は、なんてことのないネット記事の寄せ集めだった。「ミラーリング効果」って聞いたことある？　相手のしぐさを真似することで無意識に仲間意識が芽生えるんだって。ほかにも「あえて自分の弱い部分を見せる」とか「共通の趣味を見出す」とか「食事を共にする」とか「あえて失敗をしてみせる」とか……どれもどこかで聞いたことのあるような、新鮮味のないものだったけど、読んでいるうちに、誰かで試したくなってきた）

（そして、なぜか都築くんの顔が思い浮かんだ）

（今でも不思議なんだ。もともと自然科学部は活発な部活ではないし、そうでなくても私はあまり部活に協力的でなかったから、君とは数えるほどしか顔を合わせていなかった。なのに、なぜか君で試したくなっていた。どうしてだろう）

（むしろ、君じゃなければいけないと思った。そう思おうとしたと言ったほうが正確かもしれない。君が私に興味を示すかどうか、あの本に載っている手法を全部試してみることにした。そのためには環境を整える必要がある。君と長時間話す状況を作るために、自然科学部の活動を借りるというアイデアはすぐに思いついた。そうだよ。だから、課外活動なんてでっちあげなんだ。全部君を連れ出すための嘘だ。わざわざ東京駅から出発したのは、長く電車に乗れると思ったからだ。そうすれば話をする時間が増えるし、隣り合って座る理由ができる。人との距離を縮めるには物理的に距離を縮めればいいと本に書いてあったのを、馬鹿正直に信じてやってみたんだ）

（どうだろう。この小さい旅で私に少しは好意を持ってもらえたかな。これでも尽くせる限りの手を尽くしたつもりなんだ）

（こういうふうに言うと、何か運命的なものを君に感じているみたいだけど、申し訳ないことに、違うんだ。何度か君と話したときに、私と少し似たものを感じたのは確かだ。今日、色々な話をして、その思いはより強くなったことも認める。でも、それはたまたま私がそう感じたというだけの話なんだ。誰でもよかったと言ったら嘘だけど、君じゃなければ駄目だったというのも嘘だ。これは自分自身の問題で、本来なら君は関係ないはずなのに、私は君を利用しようとしている。本当にひどい、幼稚な奴だと思う）

（考えがぐるぐるしてきた。あるときから、いつもこうなんだ。誰と話していて

なることにも、独り言になっている気がして仕方がない。言葉をどう違えば人と話したことに

なるのかが、全然分からない。そのことを考えるといつも不安感と孤独感で押しつぶされそうになる。誰かに手を差し伸べてもらって、私を世界と繋げて欲しいという気持ちになる。私が君に対して抱いている感情は、この際どうでもいい。自分でも分からない。問題は、都築くんが私のことをどう思っているかということだ。その答えによっては、私は救われるかもしれないんだ。押して駄目なら引いてみろと言うけれど、内鍵が開かないなら外から開けてもらおうというのが、君をそそのかそうとしているただ一つの理由なんだよ。だから、頼むから都築くん、自分を気にかけてくれないかな。できれば好きになったりしてくれると、すごく嬉しい）

（でも）

（もう駄目だろうね。君が私に対して特別な感情を持ったようには見えない。当たり前だね。あまりにも遠回りすぎるし、人の心は、たぶん、簡単にコントロールできるものではないんだ。もとから無理な計画だったんだ）

（そろそろ高尾山を選んだ目的にたどり着くね。四号路にかかる小さな橋。みや

ま橋』これのために、私は高尾山登頂を決めたんだ。そう、『吊り橋効果』を期待してたんだよ。なんて馬鹿馬鹿しいんだろう。ここで君が何もアプローチをしてこなかったら、今までのことを打ち明けて謝るつもりだった。都合のいい、ひとりよがりな計画だ。でも、もう私には謝る勇気もなくなってしまった。君の背中に向けて、こうやって洗いざらい心の中で告白したからだ。心の中で言ってしまったことは、ますます口に出せなくなる。じつを言うと、すでにちょっとすっきりしている自分がいるんだ。目の前の君から逃げ続けているだけのくせに、謝った気分になっている自分がいる。そしてそれすらも君に伝えることができない。嘘がバレる頃になったら、きっと私は適当な言い訳でごまかして終わらせるんだろう）

（都築くん、ごめん）

（本当にごめんなさい）

みやま橋

ふと脇を見やると、転落防止の柵の上をクモのような白い虫がひょこひょこ歩いていた。豆粒みたいな体から細く長い足が伸びていて可愛い。僕は振り返って言った。

「ザトウムシですよ、先輩知ってます?」

後ろの新渡戸先輩はまるで寝起きみたいな声を出した。

「ん、何が」

先輩が覗きこんだときにはもうザトウムシは木陰に隠れて見えなくなっていた。

「見ました? ていうか、聞いてました?」

「ああ、うん」

先輩の受け答えが明らかに薄らぼんやりとしていたので、僕は言ってみた。

「その返事、自動操縦モードじゃないですか？」

「いや、そんなことないよ。行こう」

そう言って笑った先輩の言葉にはいつもの調子が戻っていた。


歩いているうちに、青々と茂った木々の間に橋がかかっているのが見えた。

「あ、吊り橋がありますよ」

吊り橋といっても、踏み出しただけで羽目板が折れて真っ逆さまになるようなものではなく、金属の骨組みとワイヤーで補強された立派な橋だった。全長は四〇メートル弱だろうか。入口の柱の根本には「みやま橋」と彫ってある。

「昭和四十四年三月完成」

先輩が屈みこんで石に彫られた文字を読み上げた。

僕はおそるおそる「みやま橋」に足を踏み入れた。思ったより揺れは小さい。これなら大丈夫そうだと思って、橋のちょうど真ん中あたりまで進んでみた。橋の周囲は緑にかこまれている。真下をのぞき込むと、何層にも重なった枝葉の向こうに地表が見え、自分が思ったよりも高いところに立っていることが分かった。ちょっと怖い。地表までの空間が茂った葉で満ちているせいで、遠近感が掴みにくいのだ。高さにくらっとしかけて顔を上げ、そこで気がついた。横に新渡戸先輩がいない。

振り返ると、新渡戸先輩が十数メートル後ろ、橋の入口に立ったまま僕を見ていた。この距離で先輩を見たのは初めてだ、と僕は頭の片隅で思った。

「どうしましたー?」

少し大きめの声で呼びかけると、先輩は服のすそを一瞬つかみ、そしてすぐに離してから、何か言葉を口にした。でもそれはやけに小さい声で、この距離だとよく聞こえなかった。先輩は動かない。

仕方がないので、先輩のところまで早歩きで戻って声をかけた。

「どうしました? ここ渡ってしばらく歩けば頂上ですよ」

「嫌だ」

新渡戸先輩はまるで駄々っ子のような口調で呟いた。僕と目を合わせようともしない。

「渡りたくない」

その顔が示す感情を僕は知っている。怯えだ。僕は、ははん、と思って言った。

「先輩、もしかして怖いんですか」

新渡戸先輩は黙ってうなずいた。この人が高所恐怖症だったなんて知らなかった。確かに、高所恐怖症じゃない僕でも下を見て少しめまいがしたくらいだから、先輩にしてみれば渡るのすら嫌なのだろう。意外な一面だ。今日、初めて彼女が見せた生の感情かもしれない。

「じゃあ、別のルートから行きます？　確か吊り橋のないルートもありましたよね」

そう提案したとき、先輩より優位に立てた気がして僕は内心少し気持ちがよかった。掴みどころをやっと掴んだぞ、という感じだった。

「嫌」

先輩は首を横に振った。吊り橋は渡りたくない。別のルートも嫌だ。それじゃ、どうすればいいというのだ。

「そんなこと言ったってしょうがないじゃないですか」

「えなりくんか」

無表情で先輩は言った。どうして、このタイミングで即座にそういうことが言えるんだ。僕は訝しんだ。本当は余裕があるんじゃないか？　わざとわがままを言って僕を困らせようとしているとしか思えない。ほんの一瞬でも僕に優位に立たれたのが許せなくて、その当てつけのつもりだろうか。なんて人だ。

「もう。いい加減にしてください。日が暮れちゃいますよ」

山頂で自然科学部のみんなが待っている。朝から延々と続いた先輩のからかいに付き合っている余裕はもうない。僕は思い切って新渡戸先輩の左手首を掴んだ。

「あ」

先輩が小さく声を出す。

「大丈夫ですよ、そうそう落ちませんから」

先輩の手を引き、僕は吊り橋を渡り始めた。ほんの数十メートルの長さだし、幅も十分にある。いくら高所恐怖症でも、前を向いて歩けば大したことはないだろう。先輩は、思ったよりもずっと大人しく僕の後に続いた。恐怖で萎縮しているせいかもしれない。なんにせよ、今の僕にはこの程度に強引な手段は許されるはずだ。ほんの数十メートル先がやけに遠く感じた。

それでも、すぐに僕たちは反対側に辿り着いた。

渡ってきた橋を振り返って先輩は呟いた。

「連行されてしまった」

僕は握った手首を放した。

「からかってるのはお見通しですよ、もう」

吊り橋の前で、新渡戸先輩は少し微笑んで言った。

「そうか、ごめん。私がやりました」

安い刑事ドラマの犯人みたいに嘘くさい謝罪が、妙に似合っている。僕は進行方向を指差した。

「じゃあ、ほら。行きましょう。もうひと頑張りですよ」

「そうだね」

地表に出た木の根を足場にして、斜面を登っていく。道だかなんだかよく分からない道だ。ここを抜けると四号路は山頂に続く一号路と合流する。

「都築くん、山登りは好きかい」

僕の後ろで先輩が訊ねる声がした。

「好きですよ。景色は綺麗だし、面白いし」

僕は振り向かず言った。

「先輩はどうですか?」

数秒の後に横から答えが返ってきた。

「好きだよ」

いつの間にか左隣を歩いていた先輩が僕を見て言った。

「また来たいよ、君と」

品田 遊（しなだ・ゆう）
東京都出身。
別名義ダ・ヴィンチ・恐山での著作として
『くーろんず』等がある。
BMIは19.83。

止まりだしたら走らない

2015年7月27日 初版第一刷発行

著者 品田遊
発行人 孫家邦
発行所 株式会社リトルモア
〒151・0051
東京都渋谷区千駄ヶ谷3・56・6
電話＝03・3401・1042
ファックス＝03・3401・1052
http://www.littlemore.co.jp/
印刷・製本所 シナノ印刷株式会社

ISBN978-4-89815-415-1 C0095